COISA DE NEGROS

Washington Cucurto

COISA DE NEGROS

Tradução
André Pereira da Costa

Título original
COSA DE NEGROS

EDITORA ROCCO LTDA.
Av. Presidente Wilson, 231 – 8º andar
20030-021- Rio de Janeiro, RJ
Tel.: (21) 3525-2000 - Fax: (21) 3525-2001
rocco@rocco.com.br
www.rocco.com.br

Printed in Brazil/Impresso no Brasil

preparação de originais
CARLOS NOUGUÉ

CIP-Brasil Catalogação na fonte
Sindicato Nacional dos Editores de Livros, RJ

C971c Cucurto, Washington, 1973-
Coisa de negros / Washington Cucurto ; tradução de
André Pereira da Costa. - Rio de Janeiro : Rocco, 2007.

Tradução de: Cosa de negros
ISBN 978-85-325-2257-3

1. Ficção argentina. I. Costa, André Pereira da. II. Título.
III. Série.

CDD 868.99323
07-2956 CDU 821.134.2(82)-3

SUMÁRIO

NOITES VAZIAS*

* *Noites vazias* é uma famosa cumbia interpretada por Gilda (Santa Fé, 1964-1997).

"Outros lábios hei de encontrar..."

– Horacio Guazani

TRÊS NOITES SEM ELA

O Samber é dez. Todas as tchutchucas vão lá, é bom demais. Pode crer, maluco, não é sacanagem, não! Pode crer. Eu gostava de sentar nas cadeirinhas do barzinho ao lado do Maxi Samber. Digo 'gostava' porque agora, hoje, já estou em outra e não entro mais nessa. Tô fora. Ficava só apreciando o desfile das cachorras, e eu, um porra-louca, com o mundo nas mãos, batia umas por debaixo da mesa. Fazia cara de sonso, de coitadinho. E, de vez em quando, virava o mastro para o lado das estrelas. Aquilo era o infinito, como se eu me atirasse num abismo sem fundo, só caindo; planando direto, na maior, que nem uma águia, moleque, o ar batendo na minha cara; meus braços perdendo a força; nem sentia os músculos que ganhei carregando caminhão de refrigerante.

A gente tinha que explicar a esses carinhas que o pior de tudo é a Coca. Ninguém devia beber Coca-Cola, nunca. Certo, eu perderia o meu emprego, mas o mundo se livraria desse vício. Mas o que é um mundo sem vícios? Quem é que quer viver num mundo sem falhas, sem pecados, sem mutretas?, sem moleza! Tudo muito estressante!

Bem, o negócio é seguir ralando, e sentar para contemplar, que para isso nascemos.

Ficar ali sentado, de bobeira, naquele ponto estratégico do universo, era como me entregar ao barato total, ao superêxtase!

Sexta-feira à noite: bundear entre as tchutchucas e as estrelas. Carila, que delícia!

As estrelas, a passarinhada de estrelas, aquela tremenda zorra que é o céu, caía tudo em cima da minha mesinha. Me destampavam a cabeça e penetravam como se fosse o oco de um chapéu. Eu me sentia supermultiestelar, com uma constelação de astros na cabeça, nos olhos, nas mãos, no umbigo, todo metido, tirando onda, nas nuvens; ao meu lado iam e vinham as donzelas cumbiadoras. Eu também ia, porque todo o mundo sempre vai para onde o vento sopra; seguia pela ruela até alcançar a entrada estrondosa do Samber. Toda iluminada.

Espetáculo!

Os cartazes coloridos que anunciavam as bandas e grupos tropicais atordoavam os meus sentidos.

Cores. Colorações. Luminescência, exuberância. Um colorido mal-acabado, maluco, de um barroco gritante.

A cerveja comprime a bexiga. Cervinha mijadora. E entro pouco antes de o salão encher, e não tem por onde, no baile nunca dá para ser o primeirão, uma rapaziada de prima entra logo rindo-gritando. Vou ao banheiro. Espelhos nas paredes, como não?!; pôsteres de cavaleiros com chapéus enormes, botas de estrelas no tornozelo e cavalos brancos, castanhos, cinzentos, malhados... México... Papo furado, pura apelação turística... um dia ainda monto um desses, tô falando. Ah, mas as potrancas mais gostosas estão mesmo é aqui, na pista do Samber Disco. Isso ninguém discute. Guaranis selvagens, dançarinas e dispostas a me deixar super-hepático, desidratado, sem pulmões, de quatro, aos pés da Senhora Morte, a mil, doidão de tanto dançar, beijar, sarrar e olhar.

Eu entrei por causa desse pessoal. Àquela hora estavam todos do lado de fora sentindo a barra, tomando uma Condorina gelada na minha cadeirinha, privilegiadamente localizados. E agora que deu merda todo o mundo fala, todo o mundo enche a boca de maldades, mas todo o mundo é culpado; agora muitos voltam para Itacurubí, para Villarica, para Pedro Juan Caballero, comentando – semeadores de discórdia – como era escroto, como era caído o Samber; vão falando mal na van que cruza a fronteira Encarnación-Misiones, percorrendo os assentos para que todos fiquem sabendo das merdas. Sabendo o quê, seus putos? O Samber foi o máximo, e como todo império, como tudo que fulge como as estrelas, acaba virando o fio, e uma hora tem que explodir. Vocês falam... falam porque não têm mãe, seus...

Lá pelas nove me levantei do barzinho, ajeitei o colarinho e fui ao encontro da vida. Malandro escolado, desarregacei as mangas da camisa jeans, com os guardanapinhos de papel dei a última escovada nos sapatos; manja a pinta! O garçom continuava me olhando com cara de nojo.

Mas sou eu que pago, mando descer e banco sozinho um porrão de Condorinas, portanto é bom engolir as palavras... e bico calado.

Com uma super-Condorina estupidamente gelada eu viro Gardel, meu caro garçom. Quando ergo o copo e o levo à boca, o mundo pára. Com minha supercerva na mão, eu sou capaz de atravessar a Cordilheira.

Mas eu queria era falar do Samber, dar uma conferência em vários idiomas sobre o único lugar nesta porra de cidade que vale a pena; e um pouco também para calar esses boquirrotos que cospem para o alto. Foi o melhor, e isso ninguém vai me dizer que não. Conhece? Já foi lá alguma vez? Bom, não interessa, eu vou contar tudo, mas devagar, que nem tartaruga, é bom segurar a onda, porque às vezes eu vou, volto, me perco, sou um desastre para contar histórias, mas daqui você vai direto para o Samber. Lembre-se do que digo, lembre e esqueça para o bem de todos. Olho vivo, que eu não sou de pôr qualquer coisa na boca que nem bebê.

Vou mandar ver; tudo começou no San Miguel proleta, idéia do Ramón Villasanti, paraguaio, o único cara com dois quiosquezinhos montados para vender cerveja em San Miguel. Ele tinha um dinheirinho guardado, e primeiro tentou abrir uma rádio para tocar música do seu país e viver da publicidade de profissionais, médicos, dentistas, ginecologistas, etceteríssima... Eu disse pra ele: "Não, o melhor é abrir uma discoteca." O paragua fisgou a isca mais rápido do que um raio. Fechou os quiosques e abriu perto da estação ferroviária de San Miguel o primeiro Samber club de paraguaios, simplesinho, com uma única aparelhagem de som e muitas cadeirinhas e mesas como este bar.

Fui eu que dei a idéia, deixei-o numa boa, mas depois ele me dispensou; quando entra dinheiro e o negócio cresce, não dá para dois. Dinheiro é que nem mulher: nunca se divide. Um manda, o outro obedece. Como eu não prestava para aquilo, me mandei. Ele se juntou com outros paraguaios cheios da grana e a coisa se agigantou. Entre patrícios, gente de mesma nacionalidade, conterrâneos, tudo corre melhor. A nacionalidade é que mata, compadre.

As ondas musicais do Samber são as únicas que atravessam o morro de San Cristóbal e conseguem chegar lá aonde nenhuma alma viva quer ir: aos pobres do San Miguel proleta. O morro de San Cristóbal divide San Miguel: à direita, a Virgem de Concreto (por isso é a única Virgem de todo o San Miguel), e o ponto culminante: as altas Torres. À esquerda, para onde o céu não tem estrelas, bem para lá, o San Miguel proleta. Foi ali que nasceram minha mãe, meu pai e dois dos meus pirralhos. Eu? Eu venho de bem mais longe, de onde não há festas, nem estrelas, nem minas, nem grupos de cumbia. Lá tudo é dureza, é tudo areia, deserto, mesmo assim tem gente pra todo lado. O pessoal sai de baixo da areia, em meio aos raios de sol, só vendo.

Ai, meu Deusinho, juro que nunca estive num lugar mais maneiro do que o Samber.

Foi na noite de 14 de fevereiro ou 17 de agosto, não me esqueço. Naquela noite conheci a minha deusa fatal, conheci Cilícia; uf, compadre, o sangue chega a me beliscar, como se eu fosse um urso aspirando o formigueiro. Aquela loura guarani, quadris de vespeiro, levava a vida a mil; a passos largos. Loura gerânia. Simpatizamos de saída e namoramos antes mesmo de simpatizar. Coisas do Samber!

Não vou mentir, não vou pronunciar a palavra amor porque seria pouco. Ela emparedou meu coração, como as tábuas entulhadas de um barraco.

Meu coração parecia um ninho de corujas cheio de bolas de golfe; deixei sua saliva salvadora penetrar na minha corrente sanguínea, para sempre entre os meus dentes, nas cáries – santo remédio que alivia!

Tenha paciência se me confundo um pouco, sabe como é, a linguagem é um contra-senso; lingüística – é o nome que dão agora às palavras. E eu não passo de um negro que adora a cumbia e gosta de tirar as minas pra dançar. Este é o horizonte da minha vida.

E agora me trouxeram aqui para abrir o bico, na delegacia. "Narra tudo", me diz o delegado. Narra, que palavra! Leva a gente até a profundeza das águas escuras da morte, das quais não se volta. Eu nunca narrei; apenas conto, e isso quando me lembro. Porque esqueço tudo, e para quê? Para que você leia tudo num segundo, para que vá virando as páginas, indiferente, sem pensar em nada... E de vez em quando detenha-se em alguma palavra curiosa; a curiosidade matou o diabo e justifica as diabruras. Alinho-as de jeito, amigo, para você descansar, relaxar e aproveitar um pouquinho. Ah! se Ramón Villasanti Cañete me visse agora! Que descanse em paz.

Voltando ao assunto, sou meio devagar, acelero a meu modo, ainda me lembro da música que X-Pollo cantava, e quando a ouço não esqueço mais, gosto muito de contar esta história: eu a vi quando as luzes se acenderam; eram muitas, de todos os lados. Lourinha colono-camponesa, uns olhos de fogo e uns peitos enormes que não balançavam por nada. A primeira coisa que notei foram os holofotes – grandes, redondos, expressivos, animais vivos saíam daquela cova... Nela havia muito de tudo! A vida, a vida de verdade é o excesso, o barroco, o que exagera até empanturrar. O bom, quando muito, é duplamente mau. Passamos a vida nos empanturrando de fluidos ou sêmen... Ela era alta, compacta, cascavel, traiçoeira como um gerânio de formigas voadoras. Ouro, petróleo, saliva a rodo... Tesão de cabra no cio!

Tucanos, escorpiões, javalis trituradores, gambás fedorentos, porquinhos vermelhos, jibóias constritoras, tigres-de-bengala, tarântulas, rãs carnudas, toupeiras, pacus, miquinhos, estavam todos lá, nos olhos dela, me observando, prontos para pular em cima de mim quando eu menos esperasse. Onças, jaguatiricas, jacarés, o diabo a quatro! "Chegou a moreninha, a rainha das flores, eh, eh, quando você remexe os quadris os saxofones tocam, morena, morena, eh, eh, corpinho de açucena e olhinhos de algodão", era mais ou menos assim que cantava o tal de Pollo, magro, esbelto, cabelo grudado a gomalina, terno branco e gravata cor-de-rosa com palmeiras e flores. X-Pollo cantava em cima do palco, obrigado, X!

Eu a vi se aproximar como num filme americano, que medo! A cera se derretendo nos meus ouvidos, o corpo dela surgindo em meio às luzes, transformando-se em tigres, rãs, jacarés, toda a bicharada. A campainha da garganta me beliscava a goela. Dançamos quase sem falar. Cilícia, Cilícia, seus lábios me diziam, e eu nadica de nada, ali, de boquinha fechada. Para não entrar mosca. Para não chutar pra fora. Porque é essa a minha vidinha, meu inferninho particular, cara, um tremendo pé torto que não conhece o certo nem o errado, nem o clamor do sucesso de público...

Ela me pegou pelas mãos e começou a me guiar pela pista, como a um cego. Corrigia meus movimentos como se eu fosse um manequim, como se conduzisse uma criança pelos caminhos da vida, dos trens e do metrô. Tudo era uma descoberta... deslumbrante... Cascavel.

Danço cumbia desde os nove anos, mas nunca assim. Ela se movia entre as melodias como um congro na parte mais lodosa de um rio. Ia me guiando pelo caminho da esmola e do esmolar, pois amor de verdade (um amor que eu já estava sentindo) é isso: esmolar. Por que estou dizendo essas coisas? Porque há um tom meio ressentido nas minhas palavras. O amor é assim, meu camarada; quando a gente não é mendigo ou escravo dele, fica implorando um pouquinho de amor, diz que é coisa do Diabo e de Deus. Que são a mesma pessoa, mas esta raça não entende, não tem memória, diz que os padres que instalam a trindade no céu não lhe dão ouvidos. E eu é que acabo crucificado por blasfêmia; blasfemos são eles, que bebem vinho e comem frango todos os dias e só Deus sabe o que fazem trancados o dia inteirinho em seus mosteiros, igrejas e que tais, não vou me meter nisso... Estou fora dessa, nada me dá mais medo do que ir rezar numa igreja; podem me jogar uma bomba em cima, ou me cravar uma faca, se aquilo não for o inferno... Pecador!

E lá fui eu de novo descambando para a encheção de saco... voltando ao que interessa, à minha rainha...

Sua mão quente e forte, com calinhos suaves, montinhos finos (ou ela era cozinheira ou arrumava quartos em algum hotel...), me fazia lembrar dos lugares mais lindos da minha imaginação. Aquelas mãos me iniciavam no grande circo dos seus rodopios sob as luzes estrambóticas. Cilícia, você é demais debaixo dessas luzes, que coisa linda, como o mundo muda, como esse mundo miserável se transforma debaixo dessas luzes. Ela era uma estrela, meus amigos, doce, fina, graciosa, uma estrelinha perfeitamente alcançável que me levava pelas mãos, assim, *halleyanamente*, eu agarrado à sua cauda gigante, dócil e satisfeito, ai, ai, ai. A perfeição absoluta me guiava e eu não precisava fazer mais nada; já marcara o gol nos ingleses e agora tratava de correr para as arquibancadas com o punho erguido e a boca cheia de Condorina.

Ah, rapaz, você não imagina como é quando as luzes se acendem... O outro mundo surge, a gente viaja até o centro das estrelas, lá se pode permanecer nu, sem beber água ou comer, ou ter que pagar ingresso ou pedir licença... Cara, quando as luzes se acendem para você, acende-se a vida, mas não esta, de merda, a outra, a que vale a pena viver, a que vive dentro de todo o mundo, fugaz, que não se deixa colher tão facilmente.

A força da cumbia não tem paralelo nem parentela. Única. Inimitável. O máximo. Agradeço infinitamente por não haver nascido na Iugoslávia, Holanda,

França, Grécia. Onde não tem cumbia. Eu sou pé-de-valsa. Em todo pé-de-valsa grita a cumbia e mora César Vallejo. Quem olha para um pé-de-valsa, vê um sujeito orgulhoso, um cumbiador, um bêbado inveterado; eu tirava esse turco escroto, trapaceiro, e punha um bêbado como presidente. A República ficaria melhor nas mãos de um bêbado; os pés-de-cana são insubornáveis, incorruptíveis, um bêbado é um mergulho no interior do nosso ser, é a transparência da alma, a verdade absoluta. Não tem um ditado que diz: "Bêbado sempre fala a verdade"? Pois é. Que político, que governante você conhece à altura disso?

Minha animalesca me enche o coração com ar de promessa de boca doce, com cores de olhares. Movimenta o corpo como uma gazela ensandecida pela erupção de um vulcão. Se movimentava... Não, cara, ela não se movimentava: ela zunia, empinava, relinchava com as cadeiras ante o poder maravilhador da música. Cumbiando. Cumbiantando... A inveja e o amor são os mais puros dos sentimentos; enterram cidades e erguem vilas. Eu sentia da parte de quem nos olhava o amor por ela e a inveja de mim. Uma Condorina gelada agora até que cairia bem demais, mas também uma boa sombrinha, um lencinho perfumado, uma brisinha leve... Quando a gente está feliz, tudo é lindo, e é só correr pro abraço!

Minha rainha é toda sorrisos, belos passos de dança e movimentos empreendedores. Não tira os olhos de cima de mim – e como pesam! Um peso para carregar no esqueleto infinitamente. Estou cercado por uma selva prestes a me atacar.

Ela me abraça, me acaricia a nuca, as músicas variam, vão e vêm como vagões repletos de vadios diretamente para o carnaval, trazendo a felicidade. Não parem nunca, vagõezinhos musicais! Tragam mais felicidade e amor e money, que aqui tem lugar à vontade!

Gilda, Rodrigo, Los Dados Negros, Los Charros, Mandingo, ela dá duas voltas e pára bem perto de mim, aproveitando para me roçar os lábios com aquela bocona de sapoti! E aí se afasta.

Dá um passo para trás e improvisa rodopios distanciadores, divorciadores, é assim que eu sinto, apesar de ela nunca largar as minhas mãos nem de tirar os olhos de mim. Seus olhos, muralha que me separa do mundo. Um casalzinho se mete no meio beijando-se e derramando cerveja. Passam rápido como uma epifania em DVD. Sua nuca branca e as grandes nádegas resplandecem na tênue obscuridade provocada pelas luzes intermitentes. Sem que eu me dê conta, já estamos num canto escuro da pista, próximo a umas poltronas ocupadas por casaizinhos lambuzados de saliva.

Não me lembro do nome dela nem de ter-lhe dito o meu. Que importância faz? Sinto que estou apaixonado. Quero que este instante pare agora por causa de uma greve mundial. Quero que a vida não prossiga mais. Como que sentindo como bate o meu coração, o que me vai por dentro, ela me agarra as mãos com mais força ainda e agora me abraça e me dá milhões de sorrisinhos embriagadores. Me crava arpões e flechas com seus enormes olhos de pavão. Olhos animais que escondem a selva inteira. Estou mortalmente ferido: apaixonado, apaixonado... Nem vem, vida! Não vai atropelar agora...

Mas a danada vem com tudo. O diabo mete o bedelho para me recordar que a duas quadras do rio há touros, jogos de argolas e carrossel. Dia de São Brás. E me faz dizer (mas pra quê, se estávamos numa boa naquele escurinho, em clima de beijo de língua? Agora já era, falei):

– Quer ir comigo à quermesse de São Brás?

Ela me olha e diz:

– Adoraria.

DESPERTAR EM SAN MIGUEL

Adoraria. Adoraria. Adoraria. Adora... Ela não sabe é o quanto eu adoro que ela adore. Isso é o amor. Malvado, pura babaquice, prisão, submissão total. Vinha um cheirinho bom dela, das mãos, das pernas, da cabeça, do meio das tetas de Sílvia... Sílvia? Ela disse, ou eu é que gosto do nome?... Que importância tem? Íamos de mãos dadas entre os brinquedos, as cartas de tarô, as pescarias, os tiros ao alvo, passeando felizes em meio às luzinhas resplandecentes. Os anjos do céu tocavam para nós temas belíssimos. Harpas, clarinetes, trompas, melodias esplendorosas. Eu comprei bebidas e pipoca. E comemos e bebemos de olhos nos olhos. As crianças vibravam. Atrás de nós, a capela de São Brás. Fios de lampadinhas de árvores de Natal se cruzavam, formando letras no ar. Num dos lados, enfeitada de guirlandas e papel crepom, uma baliza de futebol. Tudo fora montado em cima de um campo de futebol.

Camilo Sexto, Paz Martínez, Dyango, Manolo Galván, Miguel Ángel Gallardo tocavam nos alto-falantes. Depois, ouviram-se Los Olimareños, Los Wawancó, Los Fronterizos, e de repente, com o som todo distorcido, Los Panchos. Então, para fechar com chave de ouro, Los Parchís, que mistura!

O pessoal apostava de mentirinha. Apostava moedinhas só para não atrair as temíveis bruxas do jogo. Duas prostitutas passaram por nós. Sorriram para nós. Bem novinhas. Sílvia também sorriu para elas.

Uma garota de shortinho distribuía cartões de radiotáxi. Um mulato gritava "Garotas! Garotas!" diante de uma barraca fechada por cortinas. A corrida de touros era de graça. Eu não sei se existe alguma coisa mais pra frente que uma corrida de touros, e que de repente, assim de repente, vira caretice, hein? O toureiro era um herói. Subitamente, ao ver umas carnes torrando numa churrasqueirinha, ela me falou: "Eugênio, que lindo nome. Você é uma gracinha." Acariciou-me as orelhas como só minha mãe costumava fazer e me beijou. Todas as luzes da quermesse se apagaram para mim, para causar suspense ou realçar mais um número circense, o homem-bala, a mulher barbada, ou o engolidor de espadas. Coisas fora da realidade, coisas impossíveis que o circo todo ano traz de volta. Todo ano. Não, não, não senhor, elas se apagaram para dar um clima ao beijo, para criar a cenografia. As sete letras do meu pobre nome giravam à minha volta com uma força que era a voz dela que dava. "Eugênio, Eugênio", ela dizia. Eu me senti um rei, o rei do Egito ou o capo dos traficantes de drogas da Colômbia, eu, eu, eugê, que máximo! Não posso ser assim tão fodão... não, de jeito nenhum... Mas nem uma coisa nem outra...

Senti vertigem dentro da sua boca, banhado por sua saliva, como se estivesse no alto do décimo andar do prédio do Ministério da Educação olhando para o asfalto imantado, o asfalto me chamando direto, em queda livre. Sem afastar a boca da minha, ela foi me empurrando num beijo intenso de encontro a umas árvores, a um matagal alto e algodoado. Agora dá para entender por que o Samber é demais, por que eu preciso ir lá toda noite?...

Apalpei-lhe a bunda, e ela apalpou a minha por baixo do pano da calça. Usou os dedos, penetrantes. Apertei suas duas nádegas, duras como melancias, tentando abarcar o mais possível; mas nem se eu tivesse quatro mãos. Era muita areia pra mim. Um exagero. O amor é isso: exagero total. Velocidade pura, um automóvel a toda sem nenhum obstáculo à frente, e a gente com tanto medo de se arrebentar que nem consegue dormir, merda de medo de se arrebentar, esse medo bruxo dizendo que a qualquer momento, quando menos se espera, um obstáculo vai surgir, e aí plaf!, lá vamos nós ao encontro de Gardel.

Ela me dizia ao ouvido frases em guarani, enquanto alisava a piroca e apertava os testículos. Depois me deu uma chupada e brincou com o sêmen misturado com o verde das ervas. Para que estou contando essas intimidades? O que isso tem a ver? Nada. E daí? Tenho que contar tudo, parceiro. O quê? Não, não vou contar que peguei uma mina linda, esse é o meu maior trunfo. Mesmo que não queiram, subo no conceito. Eu não insinuo, deixo bem claro, eu afirmo. Continuando. Quando acordei, não tinha ninguém. O sol acendia suas espantosas luzes, abrindo todas as venezianas do meu corpo, sacudia com suas enormes mãos de fogo e suas unhas verdes todas as persianas e janelas que ela deixara abertas.

Um rouxinol me lambia o umbigo.

A manhã, como a Gata Borralheira, me destapava os poros com uma bofetada de aroeiras e eucaliptos. Tudo é festa. As árvores bailam uma dança nupcial com os pássaros. O fantasma do que fui ontem ri e me aponta a camisa coberta de beijos de batom. Os beijos saem voando da minha camisa e, no ar, são engolidos pelos pássaros.

Acordar na cidade, apaixonado.

Acordar em San Miguel, apaixonado.

O sol coloca à minha disposição a brisa do rio, gira, como um ventilador com fitinhas coloridas, mobiliza o meu despertar. Graças!

O circo juntou os trecos e se mandou. Os jogos de azar, as lonas, os pára-sóis, os pipoqueiros, as meninas prostitutas, as capas de pano barato do toureiro. Os prostíbulos ambulantes. Eu perdi algo fundamental na história do espetáculo mundial: a mulher barbada. E a cara do toureiro ao ser chifrado pelo touro!

Os ciganos puxa-sacos levaram as traves da baliza.

Flutuando em meu despertar, ouço os gritos da Vó Esilda. Mas ela não morreu faz tempo? A velha berra à procura do Eugeninho, eu não sou mais criança para ir correndo comprar carvão. Me cubro. As vibrações de suas pisadas no quintal chegam até aqui. Quintalzinho elástico, transmissor, que se contorce feito uma onda. O campo é um imenso mar verde...

Pás. Pás. Pás. Pás são as pisadas dela com aqueles pés enormes de índia guarani. Pás. Pás perigosas no quintal. Pás como as hélices de um avião fumigador.

Vó Esilda, você tinha mais de noventa anos? Falava perfeitamente o guarani? Trabalhou de doméstica em Rosário, Córdoba. Em Mar del Plata você conheceu o mar? Esteve em Buenos Aires. Fundou a Basílica de São Brás. Muitas vezes escandalizou o povoado com suas esquisitices e suas exibições varonis. Vivia transando – nos muros, nos canteiros, na cocheira, nas vielas. Tirou os maridos de suas camas e os levou para a sua. E aquele estardalhaço que você fazia quando gozava provocava grande escândalo. E no dia seguinte vinha com a idéia desconcertante de querer fundar uma basílica para São Brás, em nome dos cristãos; e os cristãos do povoado nem queriam saber de você. Mas quase todos já haviam passado pela sua cama. A hipocrisia e a falsidade que envolvem todas as épocas! Vovó, você ia fundo! Mandava tudo às favas quando via um homem alto, moreno e forte, esse era o seu fraco! E não faz muito causou novo escândalo com seu romance com outra mulher...

E o que a Sílvia tem a ver com tudo isso? Onde você se meteu, sua onça-pintada? Sílvia, Silvinha, você é a responsável pelos meus tormentos. Animala dona do meu coração, que tem no sangue a seiva missionária. Sílvia, Silvinha, digo seu nome para ver se você vem pelo ar. Terá se transformado numa víbora e fugido pelo mato? Sua ausência é uma punhalada no meu coração.

Que o diabo a carregue se você me abandonou!...

Me levanto, me endireito e passo as calças com as palmas das mãos abertas. Sacudo a camisa. Agora sim. IMPECÁVEL. IM-PE-CÁ-VEL.

Tormentos. Silvinha? Mas não era Cilícia? Ou Rocio? Bom, tanto faz agora. Não vai voltar mesmo.

Poucos metros adiante, umas putinhas em serviço me rodeiam e ficam me sacaneando: "Tá namorando, tá namorando!" Terei cara de apaixonado? Eu? E essas putas... foram me arranjar uma namorada rapidinho. E, se o povo fala, quem sou eu pra desmentir? Assim será, me rendo.

Logo em seguida as putas sumiram. O calor as venceu, não dá pra agüentar. Lá se foi o grande namoro, o povoado, o rio... bah! Numa boa!

Confesso que a noite maravilhosa de ontem me deixou ferrado.

MATERNIDADE

– O quê? – me responde o cobrador, que não serve para padre confessor, nem para terapista. Vou passando, e me sento no último banco olhando o mundo. Só barulho, o mundo barulho de briga. Não vejo a hora de chegar em casa e entrar debaixo do chuveiro. Mas custa. O mundo sacoleja a todo instante. Não pára. Está escrevendo sua obra-prima, na qual somos todos protagonistas. E isso é como nascer de novo.

Direto, assim mesmo, me atirei no sofá para continuar dormindo. Duas da tarde. Ninguém em casa. Minha mulher e meu filho estão no Paraguai. Durmo até as nove da noite, quando o telefone toca e me acorda. É ela, Martu, minha esposa. Diz que voltam daqui a dois dias, para eu ir pegá-los na Rodoviária de Florencio. Pensei que só iam chegar no fim do mês.

– Muito calor aqui. Fala um pouquinho com o Baltazar.

Baltazar tem oito meses, não fala. Balbucia. Inventa palavras num léxico desconhecido que nem ele mesmo entende. Do Paraguai vem a sua vozinha. Desliga. Desligo.

Penso: como é que eu posso ter uma família? Casa, esposa, filho. Ainda não consigo acreditar que sou pai.

Vou dormir. Acordo por volta da meia-noite e vou ao Samber atrás dela. "Quem é ela?", me pergunto na entrada do baile. Não sei, cara. Compro uma Condorina e entro. "Quem é ela?" Conto cada minuto, cada segundo. Um, dois, três, quatro, cinco...

Antes de entrar, olho para cima. Vejo a noite; tem a cor dos lírios azuis no fundo do rio. Que calor mais estranho é esse que me corrói por dentro, que vasilha endiabrada é essa, quente de venenos afrodisíacos, que me queima as entranhas? É o calor da saudade. O calor de sentir falta do desconhecido. Sentir a falta de um não-sei-quê... Noite *promissora*.

Entro no Samber. Danço com uma loura peituda, gostosaça, agitadona. Mas a coisa é superficial, não bate, e eu me livro dela; ainda é cedo, as luzes do palco nem se acenderam.

Fico com uma outra que sorri melhor. Bem agitada também. Na segunda cumbia ela começa. Tem dois filhos. Vinte e seis anos. Primeira vez que vem. Aperta firme as minhas mãos, está querendo. Faz umas graças e me provoca para que lhe dê umas coxeadas, para carimbar-lhe a carroceria. Muito bem! É isso o que ela quer? Então, dou-lhe uma envergada, roço a vara através da costura grossa da calça pela borda da calcinha dela. Está dura, ereta, maciça. Ela dá outra volta e me diz: "O soldadinho de chumbo está bem firme, hein?!" "Capitão", eu a corrijo. Ela continua dançando e rebolando a bunda. A pica cresce, meio torta, mas daí a pouco se chateia e vai dormir. Que é que aconteceu, donzela? Sua fingida de merda, que é que houve? Tá de onda agora, é? Ou já se empanturrou? Tratante...

Não tenho alternativa senão dar o fora. Digo que vou ao banheiro e volto já.

E não volto mais.

Luzes, luzes, luzes, que desperdício de beleza! Sensacional, o Samber!

Fico numa lateral da pista só olhando. O universo é aqui. Todas as raças, todos os tamanhos, todas as cores, todos os penteados, mil coloridos... Olho um casalzinho que dança ao meu lado. A parte feminina da dupla me dá uma sacada. Eu também olho. Ela balança as cadeiras para o meu lado. Não há de ser para esse brocha com quem está dançando. Certamente ela não tinha com quem dançar. E é isso o que não é legal no Samber: às vezes, com tantas pernas, a gente não encontra com quem dançar. Tomara que não sobre para mim, não gosto de mandar o pau à merda!

Quer saber? Essa é a grande diferença que me separa desse proprietário miserável: ele gosta de grana, eu gosto é da cumbia. Não é preciso ter coração para um negócio prosperar. Quando é que vocês e esses sátrapas vão entender que a cumbia não é um negócio, que deixou de ser no minuto mesmo em que nasceu? E por quê? Porque ela ultrapassa a televisão, a Internet, a política.

A cumbia não é de ninguém. Nem das gravadoras, nem das danceterias, nem mesmo dos seus autores. A cumbia é do lugar onde é tocada, é de quem sabe dançá-la. Posso continuar?

Luzes, luzes, bandeiras em vermelho, branco e azul, telas gigantes com um jogo da seleção uruguaia. Assovios. Piadinhas. Xingamentos para o DJ que interrompeu o som. Um musicão. São uns sujeitos muito dos insensíveis esses DJs; de repente, sem quê nem pra quê, resolvem mudar a música e cortam o barato da gente. E quantos casais, quantas trepadas, quantas famílias arruinadas por esses tiranetes da bandeja e do picape: todo DJ é um empata-foda com ritmo. Não se maltrata a bola. Não se toca na cumbia, compadre.

Panacas, luzes e panacas. Espero que a anãzinha pare logo de dançar porque já está me azarando descaradamente, até me dá uns sorrisinhos. E esse mané que não larga do seu pé? Só presta atenção nas letras das cumbias? Você é um bosta, cara.

Ela já se sentou, finalmente largou o mané, que lá se foi esbarrando nas pessoas e nas cadeiras. Deixo-a descansar um pouco, e aí passo diante da sua mesa para que ela possa me olhar direito. Sorri para mim. Pronto. Mais uns cinco minutinhos e dou-lhe uma encarada. Por via das dúvidas, fico ali por perto da mesa, montando guarda.

Mas peraí! Que porra é essa? Pois não é que me aparece um louro fortão, pintoso, com olhos grandes de mar e umas costas de Apolo do Rocky, e a vadia o recebe com um sorriso de farol de caminhão e as pernas já abertas, molhadinhas!?

Essa agora me quebrou. Dou uma volta pela pista para tentar me recobrar. O locutor no palco anuncia umas babaquices. Um pássaro metálico, envolto em luzes e bandeirolas multicores, desce do teto. Dizem que é a Águia Sagrada do Paraguai. Crendices. Para mim, não passa de um tremendo bicharoco. Pode crer, maluco, pode crer!

Na terceira volta ressuscito: um desfile de tchu-tchucas pelo corredor. Olho para a anãzinha, que está de beiço colado no alemão. Bela bunda de maçã! Choro o que perdi, por ter dado mole. Ela me olha, mas não sorri, franze a sobrancelha, como se eu fosse um cão vadio que a estivesse puxando pela saia. Como as pessoas mudam, meu compadre!

Tchutchucas, popozudas, cachorras, preparadas, aos montes e em pelotão de cavalaria. Agarramos, apalpamos, seguramos, dizemos o diabo nos ouvidinhos delas. Eta, corredorzinho maneiro. Alisamos seus peitinhos, seus cabelos. Passam umas mais exibidas, meninotas de seus catorze, quinze aninhos, parecem modelos na passarela, na passarela da desgraça e da barra pesada. Nós, fiscais aduaneiros carnais, as submetemos a uma revista completa! Elas não se fazem de rogadas, mostram-se naturais, e até ficarão excitadas bem lá no fundo, aonde somente um de nós chegará; sabem que é fogo de palha, que se apagará ao dar um passo à frente, brincam com a própria inocência, não querem acordar e põem na cabeça que essas mãos registradoras são enganosas, limpas, transparentes, bem-intencionadas, pedrinhas em seu caminho para o sucesso. As tchutchucas são assim, e o sucesso, para elas, é uma quitinete alugada, dois ou três filhos, um marido que goste de dançar, como eu, e isso é o máximo a que podem aspirar. Faz parte da natureza da raça das tchutchucas nunca querer murchar numa festa.

Cabelos cheirando a glicerina, a tutti frutti, a hortelã. Cabelos de tchutchucas, bruxarias da beleza. Sufocos. O corredorzinho é a rua do mundo. É a santa Avenida do Dia do Imigrante. Desfile perverso interminável. Dentes cariados à mostra. Cachinhos de meninas. Muitas putas. Tudo muito bom!

De repente, como o manto caído do paraíso, as luzes se acendem.

Vou à luta. Dou de cara com a enviada do diabo. Uma morenaça de lábios de sapo e umas tetas de cuspir leite para o céu, de lavar vidraça de arranha-céu da Falabella. Saia azul-celeste marcando a cintura; flores, ou estampado florido, dá no mesmo. Dançamos. Olho em volta; sinto que dessa vez vai dar, esta eu não vou ter que mandar à puta que a pariu. Esta é a minha xoxotinha rosada, minha bocetinha, cona deliciosa – e bota delícia nisso!

Música, música, música. Cansaço, sandálias, suor. Cama de hotel e depois o sofá de casa. Para continuar mandando ver.

Grande foda! O nome dela, caraca, e não é que eu não sei o nome dela?!

Me pergunta de quem são essas botas de mulher e os brinquedos espalhados pelo chão, se sou solteiro e se moro sozinho. "Esqueci de esconder", é o que me dá vontade de dizer. Mas só digo: "Não dá para esconder uma família em quinze minutos." Ela se aborrece, se veste, ajeita o decote e se manda. Mas antes fico sete minutos lambendo-lhe a bunda. Sete minutos lambendo-a bem lambidinha, para que ela vá embora de banhinho tomado.

No dia seguinte me telefona bem cedo. "Estou grávida." Ah, xoxota, ah, minha bocetinha, vou ter que mandá-la à puta que a pariu.

Será menino? Será menina? Menino, menino, e vou botar o meu nome!

Todas as posições. Todas as manhas. Todos os cutucões. Todas as taras, todas as perversões. Que vício, o sexo! Como é curvo o universo, como são curvas nossas almas! Por isso emaranhamos tanto o sexo e a dança. Sexo e dança, mistura que mata. Tornam doce a vida, dão vida e matam. Mas...

O que tenho eu a ver com isto?!

O quê?!

O quê?!

Depois do sexo: somos o excremento do universo. Depois da noite fugaz e fatal, somos o sopro que nos sai do ânus. Que sai de nossos talhos naturais. De nossos anéis sagrados.

Cu, sarcófago de fogo. Onde o diabo enche a cara.

Cadê a nossa civilização? Cadê as vozes obscuras e as tosses brancas? Alvoroço das braguilhas, roçar do cabresto funerário. Botão florido, elástico. O roça-roça da pele do cabresto com o ânus. Pe-ne-tra-ção. Ah, minha horizontal supervisora! Super zorra. Super visora. Vulva visionária. Os mortos e os fantasmas dos que viveram se aproximam do nosso sofá. Raspam nossos ossos, mordem as pedrinhas de cálcio dos nossos rins. Chora. Choro.

Deixo-a falando sozinha na portaria e volto para dormir mais um pouco. Durmo, sonho, viajo. Vou ao encontro dela, lá nas ondas do sonho... Dormir como lesmas ao sol, larvas dormitando sobre a carcaça da vida. Crostas. É isso o que eu sou, larva da carcaça que recobre a vida.

A grande vida. Curto a carraspana na avenida da vida.

Dança e sonho. Dormir e dançar. Sonho, sei lá com quem, com quais. Sonho pesado, de suar. Bobagens, Martu e Baltazar dançando com Cilícia, Sílvia, Rocio. Três em um. Uma boa parte de alguma coisa; dançam, dão gargalhadas, formam uma família. Existe felicidade, felicidade em sonhos...

Acordo e tomo um banho. Passo a última camisa de linho limpa. Estou bem-arranjado. *Fair play*. Quando as camisas de um homem se acabam, a vida se acaba para ele.

Saio para a noite rutilante, vou ao Samber novamente. Minha vida. Já o vejo daqui, luzes acesas, seus painéis de néon, parece uma nave espacial prestes a decolar. Sai fumaça de suas portas, é o gelo, o gelo seco, fumaça cuspidora. O gelo seco solta fumaça que se mistura às luzes na escuridão. Sagrada conjunção! Efeito especial que Spielberg desconhece!

Samber, minha vida! Danço, rio e bato as asas. Me sinto feliz. Esta noite me acabo de tanto dançar, milongar, cumbiar, cumbiatar. Esta noite, ou vai ou racha. Elevo à máxima potência o meu ego, a minha auto-estima, como dizem os terapistas. Isso mesmo, "terapistas": a saúde é a sua pista, a dica certeira para a fortuna, isso se tiverem a melhor das intenções... Com a cabeça cheia de grandes idéias, entusiasmado, vou-me chegando à danceteria. Cecilio Cifuentes se aproxima e me chama para um lugarzinho privilegiado na fila do Samber. Vou nessa. Com dois sinais ele me desperta os sentidos. O Cecilio, um paraguaio sensacional, está acompanhado de duas lindas compatriotas. Mais de perto ainda se percebe, em seu rosto, a cicatriz do extintor de incêndio com o qual Vigarrita bateu nele em pleno supermercado, por dar em cima de sua mulher. Naquela época Cifuentes e Vigarrita trabalhavam no supermercado. Vigarrita era repositor nas gôndolas do fundo e Cifuentes conferia bolsas e sacolas na saída. Calhou que o Vigarrita tinha uma mulher vistosa, de peitos fartos. Que sempre era revistada por Cecilio toda vez que entrava e saía do supermercado. O problema é que a dona vinha visitar freqüentemente o marido ou dar uma paqueradinha no outro. Não sei, não é da minha conta, não cisco em galinheiro alheio (dá-lhe, velha barraqueira!). Mas que era meio esquisito que sempre fosse o Cecilio que a revistasse, isso era. O paraguaio aproveitava para dar aquela geral, demorando-se um bom tempo entre as nádegas da mulher, que não soltava um pio. Por isso ou por aquilo, um belo dia a dona foi com o paraguaio para uma sala anexa. E foi onde Vigarrita encontrou a mulher com a saia jogada no chão, a blusa aberta, e sem sutiã. Vigarrita pegou o extintor da parede, enquanto Cecilio tentava levantar as calças. O episódio ficou conhecido no supermercado como "a tarde dos extintores incendiários".

– Chega mais, compadre – ele me diz. Me entroso, e faço o jogo dos cumprimentos e das apresentações paraguaias, que não terminam nunca. Dois beijinhos na bochecha em cada uma. Seis no total. Não, quatro beijocas e dois beijinhos, melhor dizendo. Que ninguém vá pensar... – As duas patrícias são recém-chegadas. – E ele realça o "recém-chegadas", como quem diz recém-saídas do forno, prontas para cravar o garfo... Esse é o meu amigo Cecilio Cifuentes, o cara que não dispensa nada nem ninguém. – Vamos entrar, ou tomamos uma Condorina antes? Entramos e bebemos lá dentro – ele falou. As recém-chegadas não dizem nada. Serão mudas? Melhor ainda.

As gostosas "de cravar o garfo" dançavam como cadelas recém-soltas. Não paravam um instante, dançavam todas as músicas; até aquelas que não dá para dançar; giravam, copulavam, saracoteavam, riam às gargalhadas: as tchutchucas paraguaias eram um espetáculo! Mostravam todo o seu ser sem escrúpulos: as calcinhas velozes debaixo das saias, os sorrisos sem dentes, ou com dentes postiços de cal fervida com amido, que dá uma pasta firme, mas que logo logo vira amarela como papel de má qualidade – é essa a ortodontia de hoje. É esse o mundo de hoje, as coisas funcionam, o barato rápido e fugaz, para que a gente torne a comprar, a fazer, a pedir. Basta ver a coca batizada, a Coca-Cola diet, a Internet...

Continuo com a única coisa transparente nesta vida, saias multicoloridas, trancinhas castanhas, cabelos esvoaçantes, umbigos gordos. Sinal de que já foram comidas ou até de que já deram umas duas crias. Nada disso me interessa, o que interessa é que estamos aqui, girando sob as luzes benfazejas do Samber. Luzinhas tricolores, que anunciam a alegria da dança. O que vale é o que está aí, o que a gente pode pegar com a mão. Elas falam um misto de guarani e castelhano. Soa lindo, soa a orquestra de cristal. O léxico que se dane, especialmente na parte do castelhano; mais de Castelar do que de Castela. As putinhas dançam, dançam. Putinhas doces, de fazer a rapaziada dançar. Eu sinto uma dor de cabeça que me desperta do meu sonhar acordado. Umas fisgadas, umas pontadas nas têmporas. Covarde traidor. Bichinho de luz. A noite me vira a cara.

Cecilio procura enrolar as duas num guarani deslumbrante. Guarani poético, shakespeariano.

Cecilio sempre na fila do Samber. Foi onde o conheci.

Existe no mundo uma outra pessoa como eu: Cecilio.

Cecilio boca calada e alegria desatada, na dele, fanfarrão, egoísta, cru.

Cecilio bom de copo, tomando todas, riso solto.

As paraguaiazinhas pareciam umas garrafinhas de vinho, umas empadinhas tucumanescas daquelas de deixar a boca pegando fogo. Belo lugarzinho na rabeira, só a uns trinta passos da entrada. Até que, na fila do Samber, zás!, a gorda com quem transei na noite passada, futura mãe de um menino nunca meu. A portadora da minha paternidade sem potestade. "Eu não tenho nada com isso!", quando a gorda me apontava o dedo acusador. "Eu uso camisinha!", gritei (para ciência de todas: nunca usei. Estou infectado, e daí? Infectei a minha família, e daí?). "É mentira", gritou a gorda. Tremendo alvoroço, um escândalo. Empurra-empurra, a fila se desfaz. Rajadas de mãos de seguranças e porteiros tirando-nos da fila. Que vexame! Perco de vista o Cecilio com as duas tchutchucas e, quando vejo sua calça jeans, ele já ia atravessando a tropa de guerra das galáxias dos porteiros apalpadores. Estou ferrado! Sou uma fruta, e essa gorda barraqueira cheia de fome... Não a ouço: e agora, o que é que eu faço se não conseguir entrar na danceteria? Morro, e a largo aqui mesmo. Encho de pó esta porquinha?

Os olhinhos negros da gorda me seguem no escuro, acusadores. Ao lado da fila, que avança como um trem que vai nos deixando inexoravelmente para trás, os seguranças nos olham. Que falta me faz uma Condorina para poder suportar esse duro castigo, essa puta arisca, mentirosa de uma figa, flor de lama. Não permito que o castigo me derrube. Encaro a parada: me jogo de peito aberto no mar, haja coragem! Saio dando braçadas em pleno mar.

Sou um fodido! Sou um fodido!

– Assume a sua cria! – A gorda insiste com essa de filho.

– Que filho, sua escrota! Eu sou casado, já tenho um.

Tomo um gole, um gole abençoado de Condorina. A gorda se descabela, chora um pouco, arranca montes de cabelos. Seus cabelos voam. Em frente, a fila inteira fica nos olhando, os porteiros do Samber ficam nos olhando; cafetão, safado. Gritos, choradeiras, impropérios, pés batendo no chão. Vômitos, engulhos...

Não tenho nada com essa sangue-ruim! Pinguça mal-acabada, sai de mim.

Não me olhem assim, não me julguem, suas ratazanas. Ratazanas. As escrotas da fila, com seus olhinhos de escorpiões, de cobras, me estendem a língua todas juntas, mais de cem línguas venenosas ou envenenadas me saúdam na Travessa da Infanta. Cem línguas que se unem, se confundem umas com as outras até formar uma única língua de jibóia, gigantesca, que horror! A língua me persegue pela Travessa da Infanta. Me espreme contra uma parede: beijo de língua. Me envolve com sua saliva pegajosa. Me envolve. Putas, vadias... Por que não vêm, uma de cada vez...? Ratazanas venenosas, suas porcas!

– Egoísta! – elas me dizem.

– Egoísta! Egoísta! – gritam para mim.

– Egoísta! Mau-caráter! Egoísta! – gritam todas juntas.

– Egoísta, egoísta!

– E-go-ís-ta!!!, me dizem, separando bem as sílabas.

Vão pra puta que as pariu. À merda. Olha aqui, eu já falei que não tem nada a ver. O oceano, o mar me vence, me afunda, me engole. Dou braçadas, mergulho, volto à tona, abro a boca e respiro fundo. É tudo ou nada. Ou me salvo ou morro. Transpiro.

Pego-a pelos braços e a levo até a esquina. Resolvo a coisa na marra: dou-lhe duas sumárias porradas na cara. No escuro, parecem duas bofetadas, e, depois que ela pára de mastigar e a cara volta ao lugar, dois golpes fortes na boca do estômago. Diabetes, úlcera, gastrite, náuseas, colite, blenorragia...

Pachamam...

Desperto no sonho. Vejo a área externa do meu edifício. A música alta me acorda. Los Ángeles Negros. Martu, meu filho, meus pais sorrindo debaixo do caramanchão, acenando felizes... Muito felizes. O sol do meio-dia cai forte sobre a cabeça deles. Todos sob o sol. Quarenta e cinco graus, fácil. Sobre a mesa, garrafas de rum e de uísque vazias. Sobre a mesa, em cima de uma caixa de CD, cocaína pronta para ser aspirada. Martu e meu pai dão uma cafungada. Não posso acreditar numa coisa dessas da parte do meu pai. Meu pai, que odeia cocaína e recrimina o álcool!

Mas nunca vou acreditar, mesmo vendo agora, é no meu pai oferecendo a coisa a Baltazar. Isso me funde a cuca! Quanta alegria! Me olham, me convidam à mesa. Sorriem, dão gargalhadas. Gargalh...

A gorda avança para cima de mim na viela, bem em frente à entrada do Samber. Durmo em pé. Que faço em pé aqui? Onde estão Baltazar e todo o mundo?... Estamos com a gorda bem diante da porta do hotel da Travessa da Infanta. A gorda me leva pelo braço tentando me fazer entrar. Escapo, saio andando, vou e volto, ainda estou sob a impressão do sonho cocainômano. Me vêm muitas brigas com meu pai. Fico puto.

Vou e volto, caminho meia quadra e retorno. Respiro, a gorda vem atrás de mim chorando. Com sangue nos lábios. Não me deixa em paz. Me culpa pela gravidez. Dou-lhe outra porrada, e ela desaba no chão.

Chora, chora. Bato-lhe na cabeça para fazê-la se calar. Animal. Quando bate com a cabeça no pára-lama de um carro, o sangue escorre como uma bica aberta. Vejo sangue aos borbotões saindo-lhe da cabeça. Vejo seu cérebro ao ar livre, como um rim de vaca. Durmo em pé. Desperto e venho. Vejo muitas manchas cinzentas, negras, vermelhas. Vejo sombras caminhando com mãos enormes em minha direção. Vejo uns pontinhos coloridos...

Todos passam.

As tchutchucas, os perueiros, os apontadores do jogo clandestino, os vendedores de balas. Casaizinhos recém-formados. Todos vão para a fila do Samber. Para a baba babona da Babel da Cumbia Mundial. O grande zoológico, o grande serpentário: é a fila.

Meto-lhe mais duas tremendas porradas, bem no cérebro que se esvai, ao ar livre, para fazê-lo voltar ao seu lugar. Não tem jeito, o cérebro não volta mais, então eu o arranco logo de uma vez com os dedos. Pego-o inteirinho na minha mão, pequenino como um pombo, sangrando aos borbotões, como uma bica aberta. Mordo-o e em seu lugar colocaria a xerox de um diploma de advocacia, ou melhor, de medicina. "Gorda: eu a declaro doutora, assim você pode tirar esse filho", eu lhe digo. Durmo em pé. As pessoas começam a correr, a gritar. E olha que nem contei o que fiz com a vadia que peguei no Samber a semana passada. Já era de manhãzinha, o sol rachava a terra, deviam ser umas sete, oito da matina. Fomos direto para o hotel foder, e lá mesmo eu a destripei, escancarei-lhe a boceta, enfiei uma garrafa de uísque e depois me sentei em cima. A garrafa fez crac! nas tripas dela, tchau, vadia. Me levantei, me vesti e fui embora. Quando ia saindo, a velha da recepção do hotel, zeladora, governanta, sei lá que nome se dá. A governanta perguntou pela minha companheira, e eu respondi que tinha ficado dormindo. Então, discando um número no telefone, ela me disse para esperar enquanto ia ver o quarto. Eu falei "tudo bem", e quando ela deu a volta para subir as escadas, arrebentei-lhe a cabeça contra a parede. De enxerida. Bem na hora, como tema de despedida, no rádio tocou uma cumbia do Quarteto Imperial. A cumbia emprestava música à morte delas e lhes dava como despedida deste mundo uma melodia para dançar... Isso é o que me mata, caralho, o que me mata é essa cumbia, essa coisa selvagem de acordeões tocando todos juntos. Uma música dos demônios, uma música que é capaz de matar um, uma endiabrada música luciferina. É a cumbia o que me mata, ela me dá vontade de trepar, de beber, de comer um cu, de roubar, de assaltar. É esse estado de espírito demoníaco, esse mal-estar estranho o que nos mata, o que nos levará para a cova ou para a perdição total... Esse êxtase que o demônio vai deixando nos bailes. Perigo, perigo, é preciso processá-la, é preciso mantê-la entre as grades. É ela, é a cumbia o que nos desbunda, o que nos impõe seu alucinante alucinógeno, mais do que a coca, mais do que a erva, mais do que o futebol, mais do que a transa, mais do que tudo o que existe debaixo da terra e sobre os céus, se ainda resta algo, amém.

Mas onde estávamos mesmo? Sim, todo o mundo gritava e se descabelava ao ver o cérebro escorrendo entre as minhas mãos, mas eu grito mais que todos e tento beijar uma tchutchuca que vai à frente. Seu acompanhante me dá um cacete e eu caio. Caio. Caio. Caio. Me levanto e enfio-lhe os dedos nos olhos, até deixá-lo cego. Ele sai correndo com as mãos tapando o rosto. Tem pedaços dos olhos dele nos meus dedos. A música toca. Eu corro para o outro lado... Para qual lado? Ora, porra, para o único possível, será que a gente tem que explicar tudo? Para o lado do demônio, compadre, que me chama sorridente, com seus bigodes enormes e seu havana presente de Fidel. O belzebu me chama, acha que vou com ele, mas finjo que não o vejo até que o surpreendo e me viro e giro e vou para o outro lado, que a gente quando quer consegue ser mais rápido que a fuinha e a raposa juntas. Ficou moscando o endiabrado, nem vem querendo me incluir no seu show que já me basta essa vida, seu rabudo...

Acordo estirado no sofá de casa. O mesmo no qual comemos a gorda na noite anterior. Estou com os dedos cheios de sangue e cabelos. Tiro restos de olhos das unhas. Que nojo!

Que podridão! Como sou podre, pérfido!

Vou me lavar no banheiro. A água sai fria da torneira, me congela as mãos. Escuto alguém subindo as escadas. Ouço os gritinhos do meu filho. São minha mulher e Baltazar.

Deus me perdoe.

Baltazar, gordo e negro, coisa linda, corre para os meus braços. E minha mulher também. Ela se assusta com o meu machucado.

– Um chute jogando futebol – eu lhe digo. E foi mesmo. Vocês são isso. Vocês, Cilícia, Sílvia ou Rocio ou Analia, são uma porrada no supercílio. O amor é isso, um chute no supercílio.

A vida é um chute no supercílio.

Um chute certeiro, que faz a gente desmaiar, enlouquecer, como a cumb...

Preciso sair esta noite. Mas como? Martu põe uma música de Gilda. "Esta noite eu fujo, vou dançar, esta noite esqueço de tudo..." Que fazer? Enquanto dou tratos à bola pensando em como escapar, ouço Gilda e me imagino fugindo com ela, os dois sozinhos, para dançar no Samber. A voz de Gilda me encanta. É agradável e me deixa apaixonado. Me apaixono por seus lábios, e por suas pernas quando canta no palco. Nunca vi nada mais lindo... Sua voz aveludada e doce encanta, não é como a voz impostada de tantos dos nossos cantores tropicais. Ela é natural, e a ouvimos em casa o dia inteiro. E às vezes até choramos, e como! Porque está morta. Co-mo fa-ço?, Gilda, como é que eu faço?, me ajuda aí do céu para que eu consiga fugir esta noite para dançar. Preciso dançar, preciso ouvir música. Preciso encontrar a animala da minha alma.

Martu varre e depois vai para a cozinha. Me pergunta por que tem cabelo na pia. Digo-lhe que andei dando uma aparada na barba. "Barba?", ela estranha. "Não parece pêlo de barba." Mas logo se esquece e continua a arrumar as coisas. Baltazar despeja todos os seus brinquedos no chão da sala. Eu tiro uma soneca, faço a sesta. Estou jogando. Perto das nove acordo.

Vou para o Samber? Mas como fazer, como dizer, como explicar? O que inventar?

Nós nos deitamos para dormir, e quando dá meia-noite eu escapo. Lavo os sovacos e o peito na pia do lavabo. Pressinto que estou perdido. Não é possível que Martu não se dê conta. É o meu fim, estou fugindo...

Os vizinhos de baixo batem as portas. Que barulheira. Esporrentos de merda. Vou dar a eles de presente no Dia do Amigo umas borrachas para as portas. Será que não percebem que incomodam fechando as portas desse jeito? Ou será que fazem de propósito, para se sentirem donos? Zunem as chaves. Eu devia lhes dar com um porrete na cabeça para aprenderem a não bater as portas. Enchedores da paciência alheia.

Saio.

– Ih-ih-ih – diz a velha sem-vergonha da minha mãe. – Morreu, já morreu. Ih-ih-ih. Eu disse que seu pai tinha morrido aos policiais que o vieram buscar por ter fugido do hospital com a cabeça quebrada.

"Ih-ih-ih", ela diz ao telefone e desliga.

– É o Cupido – diz papai ao tocar a campainha de casa com a cabeça ensangüentada. Martu grita que a polícia está atrás dele. Papai diz tranqüilamente: – Fugi. Esses médicos não servem para nada, queriam me matar, pôr cianureto no meu soro. E o Balchu? – ele quer saber do meu filho. – Está no quarto dele?

O telefone toca, é a minha mãe sem papas na língua, séria, autoritária. Ela diz a Martu:

– Filhinha, diz aí a esse velho nojento para vir tomar banho que nós temos que ir à missa. O padre André está esperando a gente na porta do seu 4 x 4.

Meu pai berra:

– Com essa bruxa e esse vigário dos diabos, eu não vou.

Minha mãe desliga.

Meu pai brinca com Baltazar e o cobre de sangue. "Nosso sangue", ele diz. Martu bota as mãos na cabeça.

Doce, suave, excrementícia, buliçosa, farrista, essa é a noite lechiguana, ladina, chiriguana. E eu, a caminho do Samber, a vou admirando. Vou falando com ela. Que põe para reluzir todos os seus estandartes, me faz companhia com suas cores e suas explosões mudas. Eu a contemplo, esbarrando em árvores, carros, pessoas, bancas de jornal, não estou nem aí. Durmo em pé, olhando-a, caminhando.

Sonho com Cacho, Cachacho, Chuchamo, vendendo camisetas, caçando compradores pelos bairros. Cacho pelo Caminho Negro, às seis da manhã, vendendo suas camisetas. Os galos cantam. As tábuas vergam... Cacho margeando o nauseabundo riacho Sarandi. Cachaco com as camisetas em cabides, para melhor exibi-las: camisetas coloridas, terríveis, automobilísticas. Camisetas de Chevrolet, Ford, Cupê Fuego. Pobres camisetas. Tudo reluz, tudo clama.

Entre uma hospedaria e outra, entre um grito e outro, desaba uma chuva de verão que inunda o bairro todo. Grã-fino com os pés dentro d'água. Na outra esquina aparece papai percorrendo a outra metade do bairro. Panos de prato, meias, shortinhos verdes para meninos... Papai nos leva para comer alguma coisa. O bolso rasgado e a camisa suada. Vinho tinto. O horizonte faísca sobre as telhas das casinhas de cortiço, de vila...

Chego ao Samber, chego à minha vida. Vejo as luzinhas que anunciam o baile. Os cartazes de néon e seus grupos musicais. Enjoam. O mundo é isto, ó Deus! A uma quadra da danceteria.

Antes passo pela Falabella. A rua está apinhada de gente, garotas lindas de shortinho, como na praia. Felicidade, um peruano grita: "Garotas putas!", na porta de um rendez-vous.

Sou atraído pelas luzinhas do Samber.

Imensas vitrines cheias de roupas, camisas brancas, azuis... blue jeans, se tivesse grana eu comprava tudo... Na ala dos televisores: "Estava enganado, não se maltrata a bola", diz Diego na Falabella, vendo televisores em cores. Caio no choro como um zangão. Me dá vontade de ir embora. Vou.

De repente, olho para o céu e vejo as estrelas. A noite me manda relâmpagos novamente. Um clarão enche o espaço. Será o cometa Halley? A luminosidade me fere a cara. Meus olhos ardem. No céu todos estão dançando, se esbarrando, criando explosões entre si. Os astros, as constelações, os planetas.

Quisera eu ser um astro, para atender desejos e sonhos que, através dos tempos, os amantes e os namorados me pedem... Por algumas moedas eu seria capaz de adivinhar o futuro para um casal de adolescentes. Para vocês também, por que não?

O cometa se acende no céu provocando choques estelares e palpitações em nossos corações. Ó meu pai, que coisa linda o Halley! É a minha vida que se vai nesta noite. É a minha vida, Rocio, que se apaga para sempre.

Não se maltrata a bola, não se maltrata a minha vida. Um estádio inteiro chorando. A bola chorando...

As luzes do Samber parecem uma nave espacial pronta para decolar. E a fumaça, a fumaça do gelo seco.

As estrelas morreram e eu também vou morrer como as sombras, como os deuses, como as coisas.

Vou para o fim da fila e abaixo a cabeça. Para que ninguém me note. A noitinha está limpa como um pano de prato. As estrelas caem nos ninhos das corujas, transformam-se em bolas de golfe. Dentro de mim, canto, danço e brinco.

Caminho e não chego nunca. A noite é como uma açucena molhada, escorregadia. Como uma arruda regada à força no meio do deserto. E assim também meu coração. Travessa da Infanta, onde fica o Samber Club. Um dia vão fechar você, sua ratazana, como se fecha uma persiana, como se apaga o céu, como caem as coisas. Mas não hoje.

De repente enxergo em meio às cabecinhas da fila os cabelos compridos dela. Cilícia, Silvinha ou quem seja. É ela? É ela? É outra. Mas dá no mesmo, é como se fosse, tem tudo para ser. Sigo-a na multidão. Os astros continuam explodindo. Noite de fogos naturais. Procuro-a entre as araras de roupas e os manequins das lojas. Ela pára na sapataria da esquina. Dobra e não a vejo mais. Corro. Mas não há ninguém. É ela? Sim, era ela.

Contemplo um roubo e uma briga na noite. Um namorado arrebenta de porrada a cabeça de uma gorda grávida. As pessoas passam sem dizer nada. O namorado come o cérebro, as mãos ensangüentadas. Vem em minha direção. Dou-lhe uma porrada e ele se volta contra mim e me arranca os olhos. Eu saio correndo tapando os olhos, tropeçando em barracas de camelôs, quiosques, toldos, gente...

Volto à danceteria. Sou o último da fila.

Tudo muito cheio. Muitos casaizinhos dançando cumbia. O Samber está diferente esta noite. Passam uns pés-duros que não me conhecem e me cumprimentam. Muita mulher bonita. Dá para escolher – pena que quem sempre escolhe são elas. É assim. Acendem-se as luzes e renasço. Acendem-se e já não tenho filho, nem mulher, nem família, nem pais, nem dinheiro, nem trabalho, nem nome... Estou feliz, meus olhos vêem o máximo possível. As que mais me excitam são aquelas que dançam acompanhadas por outros. As que não param.

Dancei. Dancei, dancei. Minhas batatas das pernas doem, de tanto fazer girar o mulherio. As bolhas dos dedos dos meus pés estouram. O calcanhar, rachado, aberto, como uma vala. É o sacrifício do baile. Dancei, danço. Não paro. Que pare a cumbia quem tiver colhões. Quem possuir colhões grandes e peludos que a faça parar, riso frouxo. A noite me sorri como uma açucena molhada ri para um inseto, um grilo, para a bocarra de um cavalo. Eu também sorrio para ela. No chão, mil copinhos brancos de plástico, sinais de Condorinas. Sem cerveja eu não dançaria nem metade do que danço, não teria uma migalha da coragem que tenho.

Dancei com dezenove, dancei oito horas. Contei-as, da primeira até a de número dezenove, todas lindas, meu bolso está repleto de telefones. Gastei um milhão de guaranis só em cerveja. Muitas me flagraram dançando e bebendo com outra, tal como eu havia feito com elas antes. "Você não estava indo embora?" Não aluguei meu coração a nenhuma. Mas beijei todas, dançar é beijar. Dançar é bolinar, trepar... Quem é capaz de transar sem música? Só os cachorros na rua, os cães vadios.

Durmo em pé. A música me transporta. Garotas de calça comprida, de shortinho, de minissaia. Acendem-se as luzes e renasço. Entre rodopios, suores, gracejos e trocas de beliscões com uma quilmenha cintura dura, vejo Martu a uns cinco metros, dançando com um galã. Um moreno alto, como eu. De mãos grandes, como eu. Sacudido, como eu. Que a aperta e esmaga de encontro ao peito, como eu. Fico invocado, ofendido, me mato? Com quem ela terá deixado o Baltazar? Nem penso mais no Baltazar. Só sinto cheiro de sovaco. Cheiro de dança, de vinho tinto avinagrado...

O moreno agarra-a forte pela cintura e gruda nela toda. Como eu faço. Com as mãos negras apalpa-lhe as nádegas. Martu fica excitada e se esfrega nele. Leva a mão à braguilha do cara. Eu olho para a braguilha dele, e vejo uma jeba que é o dobro da minha, dura; e Martu se roça nela, vira de costas e fica balançando a bunda em cima da piroca dura do cara. Me olha, sorri pra mim, me olha no olho. Durmo em pé, a música me transporta. Acendo os olhos, e eles não estão mais ali. E Baltazar, o meu tourinho, o meu leitãozinho da sorte? Mas logo os descubro, num canto mais escuro da casa, nas poltronas, aquelas mesmas que vi quando fui arrastado para lá por Cilícia ou Silvinha, nem sei mais... Só que eles estavam deitados, ou melhor, o moreno estava em cima da minha mulher levantando-lhe a saia até a cintura e tirando sua calcinha. Todos em volta dançavam, bebiam ou azaravam. Era um caos musical, e minha mulher a ponto de ser entubada em pleno baile por um mastodonte, a ponto de ter sua grutinha cheia do leite grosso de um bêbado, a ponto de ser enviada à lua por uma piçada. Seus lábios, seus olhos, suas mãos abraçando o mastodonte com tudo. Que horror!

A cumbia mexe comigo. Não posso admitir que me comam a esposa dentro de uma discoteca, sem ao menos ir para um hotel; isso é ser muito vadia, que é o mesmo que dizer muito puta. Vou urinar umas Condorinas no banheiro. Mijo, entre mil que mijam; ouço a urina arremessada com força e fazendo espuma. Muita espuma. Saliva de onça brava. Flauta surda! Eu e os mijadores armamos um grande mar de espuma, que nos vai transportando. Somos criaturas frágeis, dançarinos de camisa suada que cheiram a vinho e não comem ninguém. Varal de roupa é o ar, ou somos nós? Varais de camisas baratas. Reluzentes, cloradas. A espuma me ergue até o basculante do banheiro, de onde vou ao encontro de uma noite esplêndida, fulgurante, como um fogareiro a querosene fosforescendo no meio do bosque. Seu brilho destelha os edifícios, as árvores, as estradas, a terra, o rio... Nesse segundo, todas as estrelas se despiam para mim, todas as constelações que sonhei em conhecer e aquelas que nem sequer imaginava; todas, Órion, Andrômeda, a dos Quatro Cavaleiros, as Três Marias, e milhões de outras que nem nome tinham, dançavam para mim como um harém de garotas dos trópicos. O céu era como um grande espelho no qual meu rosto podia se refletir, transparente como a água de um lago. Lá estava, musical, colorido e encantador, esse grande poço austral no qual todos gostaríamos de cair, e ao qual, contudo, se tem que subir. Subir para cair, coisa burlesca própria de todo milagre. Era uma noite rara, dessas em que poderíamos gastar os olhos só de olhar. Foi então, enquanto olhava sem parar, que vi flutuando, num dos lados da monárquica Andrômeda, uma legião de jovens dançarinos de cumbia; grande templo do diabo, como é possível que as pessoas ainda saibam voar? Eu não disse que elas estavam voando, e sim flutuando; chego mais perto, porque o que fazem verdadeiramente é dançar; por que as pessoas não podem dançar em qualquer lugar? Dançar no céu, ou, sejamos extravagantes, sobre as ondas do mar; não é exatamente a mesma coisa que dançar num banco enquanto esperamos para sacar a nossa poupança? E por acaso, para acabar com esse papo, dançar a cumbia não é voar? Se vocês não dançam cumbia, nunca vão saber. Passa uma branquela carregando um verme rosadinho. Meus paraguaiozinhos cumbianteiros dançam sobre uma suave fosforescência que vem de um dos lados da lua, vá-se saber por que força celestial, e a constelação das Três Cabritas estende um tapete luminoso de estrelas para eles. Aí encarapitados, os dançarinos de cumbia dançam, ébrios, em grupos iluminados. Giram tchutchucamente no céu. E nós seguimos flutuando em nossa própria urina neste banheiro de merda. Espuma sonhadora! Lindatrozmente, ela nos une... E, para não nos dar motivos de queixas, começam a surgir grupos musicais tocando maravilhosas orquestrações, e estou quase acreditando que sou o centro do mundo e que tudo isso é só para mim. E é mesmo, compadre! Pois sou o único que olha para o céu a esta hora da noite. Violinos, harpas, bandoneons, trombones, teclados Yamaha, ternos brancos com brilhantinas, chapéus, cabelos negros e longos. Efervescentes ressonâncias e melodias tropicais. As Três Cabritas pastam no céu. Andrômeda refulge com uma claridade capaz de cegar. Órion, a Constelação mãe, faz explodir mil estrelas. A noite se cobre de cores silenciosas, cores apenas para os meus olhos.

Com os olhos molhados e inchados de tanta cor, e quando a espuma já acabava de evaporar deixando uma pocinha sobre o piso de lajotas, saio do banheiro e dou de cara com uma pombinha aveludada. E lá na pista, um bosque, uma selva missionária. Peruas branquelas, araras, periquitas, morenas, ruivas, todas rebolando a bunda. Requebrando as cadeiras, enrijecendo as panturrilhas. Todas turbinadas! Minhas pimentinhas descascadas, augustas, robustas e peitudas: que belas tetas, durinhas, tem o litoral argentino e paraguaio! Vou à luta, a manga da camisa coberta de espuma. A cabeça cheia de espuminha cheirosa, amarelíssima, tchutchuca. Caminho um pouco, no meio das bandeiras guaranis. Os pôsteres praianos e a alavanca do chope trabalhando a toda. De repente a vejo. (Era o que anunciavam as trombetas dos anjos!

Os anjos da cumbia me ofereciam a despedida de casado? Anjos ou demônios?) Cilícia, Silvinha, Rocio, Martu. Todas são uma. Apagam-se todas e só ela fica: a animala, minha rainha, minha polaca, Cilícia.

Encaro a mesinha, cruzada de pernas. Assim, só por encarar, sem pensar e como quem não quer nada. Vejo umas panturrilhas gigantes, umas pernas lisinhas como a encosta de uma montanha, contemplo uns músculos que ocupam a cadeira toda. Subo até seus peitos fartos. E olho-a nos olhos, e de novo aquela selva que ameaça me tragar de um bote. É ela!

Minha guarani puro-sangue misturada com polacos. Suas panturrilhas grandes e gordas. Brancura total. Eu, negror absoluto. Cumprimento-a, e ela não me cumprimenta. Digo-lhe todos os seus nomes e não é nenhum. Que filhinha! Me cobriu de beijos, me ameaçou de morte, me chupou a pica e agora não se lembra?

Convido-a para dançar, e ela me responde "não". Seco e definitivo. "Não." Deixo escapar um chorinho instantâneo. Não sacaneie, não ria! Yes, speaking english.

Fico puto! Insisto, insisto, insisto. NÃO. NÃO. NÃO e NÃO. Tenho vontade de morrer. Morro.

Mas logo ressuscito, será porque estou com muita cerveja no sangue? Muita espuma no corpo?

Fico de pé bem pertinho da sua mesa. Ela se sente incomodada, e vai dançar com outro só para se ver livre de mim.

As pessoas sempre dançam. Putas, filhas-da-puta. Minha rainha dança com um baixote, com pinta de verdureiro boliviano, de mãos sujas. Sapatos imundos, mas um dândi quando se movimenta. É assim mesmo, aí tem grana, e as mulheres sentem o cheiro. Putas filhas-da-puta que nos pariram para que viéssemos morrer aqui, todos nós.

O baixote cresce entre suas tetas. A belezura de olhos de céu se entrega a esse merdinha de bolsos forrados.

Eu me assusto. Olho para o meu aspecto, para os meus sapatos. Minhas mãos vazias e meus bolsos idem. Tento me colocar no lugar dela. Já estão se beijando, que merda! Ataque de dardos fulminante contra o meu coração! Choro em bicas. Engula a saliva, olhos de esponja, dizem-me Deus e o Diabo. Não faça drama, risinho. Me vem à boca um gosto de mijo de tigres e jacarés, foi isso o que você me passou, Cilícia, quando me deu aquele beijo, e agora?, será que também vai encher de animais a alma do boliviano? Minhas lágrimas voam e correm como um rio de peixes coloridos, que você olha enquanto eles se aproximam, viram auréolas sobre a sua cabeça, e a exploram, molhando você inteira. Deve ter sido uma bombinha que alguém jogou do teto, pensou o boliva. Foi isso o que você me deixou, Cilícia, o corpo cheio de queixumes, escarcéus, latidos, gritos; na ponta dos meus pés há uma multidão de insetos que me sobem pelo sangue até a garganta, saem e voltam para a sua boca. Você abre a boca enorme, e eles saem de mim e voltam para você papagaios, tucanos; deixam-me vazio...

Tem mais é que chorar, babaca, não tem outro jeito. Chorar até inundar o salão. Chorar até que se apaguem para sempre as luzes desta pocilga. Tomara que a música morra. Hoje a cumbia morreu para mim, mas também morre o Samber e morro eu. Dançar a cumbia não era o máximo? Agora eu a odeio. Umas letras tristonhas, de merda.

Eu devia ser como o caranguejo da praia: deixar-me levar pelas ondas enganadoras, enganadoras, engana...

Suculentos, azedos, beijos pornô de língua entre minha rainha e o verdureiro. Por que não vão se beijar em algum lugar em que eu não os possa ver, seus merdas? O que é que você viu nele? O que ele fez para você, esse boliva?...

Uma pessoa pode perder dinheiro no banco, ser assaltada e assassinada na rua. Até aí tudo bem, é normal, é uma coisa digna. Sua mulher pode traí-lo com o verdureiro. Tudo bem. Mil tragédias, mil vidas; a cada vida sua tragédia. Mas... perder no baile?! Isso é o mais humilhante. Não tem nada igual em matéria de fracasso. Uf, babaca, é uma punhalada nas tripas. É uma baixaria eterna, uma sombra no rosto, uma marca nazista dos campos de concentração. Perder no baile é a coisa mais ignominiosa. Não existe nada que um homem possa fazer para evitar e superar isso. Nessa hora o cara desce até o fundo do poço. O homem vira um verme, um rato, uma barata, uma lacraia. Vermes que governam o mundo. Baratas que sobrevivem por séculos aos invernos mais cruéis e aos calores mais insuportáveis. Vermes que hibernam no tecido de nossos ossos.

Perder no baile é liberar a morte que todos carregamos dentro de nós.

Hoje eu perdi.

Cilícia e o verdu trocam uns beijos fajutos, os putos. Eu choro, e de repente as luzes se apagam, a música pára. Há gritos, e no escuro uma bolinação de bundas e tetas. Gritinhos excitados de protesto. Risadas, corridinhas...

Perco a minha rainha e isso me desespera. Saio rapidamente à rua. Espero duas, três horas, olhando as estrelas no barzinho ao lado. Na viela tem uma picape Ford 100 estacionada com caixotes e engradados de verduras. Que pressentimento é esse?

Pressinto o pior, pressinto que essa picape tem dono. Já são três Condorinas na minha mesa, e recomeço; com um gole de Condorina eu tenho força, sou outro. Olho para o céu, pássaros e vaga-lumes cruzam cintilantes em direção ao rio. Eu ouço, ouço o rio nos ouvidos. Uma brisa me bate no rosto, olho o mulherio cansado voltando para casa. Elas saem do baile como gafanhotos, invadem bares, quiosques, enchem as ruas, os pontos de ônibus. Enchem hotéis, mesinhas, camas. O burburinho é infernal. Inundam o mundo com sua inhaca, com o sebo da transpiração de seus corpos, com aquele cheiro insuportável de proletariado; carregam suas origens até na roupa colorida que usam, as mulheres, saias de todas as cores, os homens, camisas de todas as cores, como se através da cor tentassem ocultar sua infinita pobreza.

O melhor é sair do baile e segui-las até o ponto de ônibus ou até a estação de trens. Onde elas se perderão sob o manto miserável da grande cidade. Os anjos me observam de um terraço imaginário, tocam harpas, clarinetas, flautas. O que significará aquela música? A milhões e milhões de anos-luz acaba de explodir uma estrela. Nasceu outra? Andrômeda, Órion, as Três Marias franzem o cenho.

Meninas, estou com um copo de Condorina na mão e sou um rei, sou o príncipe Kouloto. Sou outro. Em meio ao burburinho vejo o verdureiro com a minha Rainha. Vão se aproximando de mim, beijando-se, acariciando-se no corpo todo. Não me vêem. O boliva não me vê, entra na camionete e abre a porta para a minha gerânia.

– Cilícia, não entre! – eu grito para ela. O boliva me olha sem dizer palavra. Ela se vira e olha para mim. Nós nos olhamos fixamente. Um silêncio absoluto preenche o mundo. Outra estrela explode sobre as nossas cabeças. Ô noitezinha de estrelas explodindo! Mas nem sequer a notamos. Cilícia, meu amor, não entendo, por que não estamos falando de amor? Por que não estamos fazendo uma casa para os nossos filhos? O que é que nos separa? O que houve com aquela máquina sensacional de fazer paraguaiozinhos? Não deveríamos estar falando dessas coisas como duas pessoas que se gostam, e não nos despedindo? Passam dois vaga-lumes retardatários e iluminam os cabelos dela. – O rio é para lá – eu digo, e eles me agradecem em seu idioma lumínico. É a minha hora. Ela me olha, e sabe-se lá o que está pensando. Mas esta hora é terrível, eterna, mortal. Com seu olhar animal, com seu olhar de fera selvagem. E eu a olhei. Sou um fodido, sou um Condorino. Precisava dizer-lhe alguma coisa, pois não disse nada. Nem meia palavra, por que, por que, eu que gosto tanto de uma zoada, de repente me enrosco todo no silêncio? Só fiquei olhando para ela, e a Condorina esquentando. Ela não disse nada, abriu a porta do carro e entrou. Yes, speaking english, babaca. A noite relampeia, na bronca. Pra deixar de ser otário, marcha-lenta, devagar-quase-parando.

É agora ou nunca, vejo as lanternas da picape se distanciando suavemente, como nuvens lançadas pela tempestade. Pára no primeiro sinal. É agora ou nunca, Pili, agora ou nunca. Os anjos me animam e cantam, dançam e tocam para mim. As estrelas explodem para mim. Os vaga-lumes, os quero-queros, os coqueiros, o bicho-papão com seu tesouro insondável para mim. Vou, não vou. Vou, não vou. "Anda", gritam todos. Um coro de tchutchucas me diz: "Anda, Pilito, rápido, não seja morrinha. É o seu amor que vai lá adiante, anda, pára na frente do carro. Antes que o sinal abra e seja tarde demais." "Anda", gritam os anjos. Então me lanço rumo ao horizonte, quebrando mesas, Condorinas, tropeçando nos automóveis e nos toldos dos quiosques, nos painéis luminosos. Aí surge no ar, como um fantasma, uma cumbia deliciosa, uma melodia incomparável, uma melodia que vai me guiando pelo ar. Levito, quase vôo. O sinal abre, e a picape verdureira arranca a toda. Não dá pra mim.

Não consigo, não consigo, não consigo... Nunca vou alcançá-los. A uns vinte metros desabo sobre o asfalto frio da Travessa da Infanta. Os paralelepípedos me afastam de cima deles. Os troncos das árvores me repelem. Os anjos desaparecem, todo o mundo desaparece. Apagam-se as luzes da Falabella. A cumbia se cala. A Ford verdureira vai se afastando até virar uma mancha fantasmagórica na noite. Inatingível. Durmo em pé. Não alcanço, não consigo, não dá mais para mim... Sou um fodido...

POST-SCRIPTUM

Muitos amigos meus têm me perguntado o que é uma tchutchuca, e agora, após o final de "Noites vazias", parece-me um bom momento para explicar. Vou explicar de uma vez por todas o que é uma tchutchuca. A primeira vez que ouvi isso foi da boca do meu amigo e companheiro de supermercado Cláudio Orqueda, vulgo Pulga. "Olha essas tchutchucas que vêm vindo aí", ele falou, mostrando com os olhos duas garotas que passavam na rua, rindo. As tchutchucas riem de qualquer coisinha, na verdade elas passam o dia inteiro rindo, esta é a característica mais notável delas. Nunca andam sozinhas, sempre com outra tchutchuca igualzinha, a ponto de a gente nunca saber se são irmãs, primas ou vizinhas, ou tudo junto, o que é o mais provável. E sempre, sempre, mesmo quando você as ofende com o gracejo mais idiota, elas sorriem e parece que vieram ao mundo para isso mesmo, e às vezes a gente chega a acreditar que está falando com uma promotora de vendas de algum shopping ou supermercado. Mas nada mais alienado, elas nem sabem de que se trata. Não conhecem Freud e ignoram a psicanálise. A mesma coisa com a ioga, a comida vegetariana e a Internet. O que elas conhecem muito bem são as letras de cumbias e os capítulos das novelas da TV. Porque a vida delas é uma novela, e têm uma imaginação novelesca que eu gostaria de ter. Tudo nelas se resume ao credo. Se você lhes diz "vamos à lua", elas acreditam; e o mais provável é que, por ser velhaco, elas acabem levando você. Isso é que é ser espirituosa. Elas são as únicas fontes inspiradoras da minha vida, e sou capaz de afirmar que não existe coisa mais linda na vida do que ser amado por uma tchutchuca; quem não conheceu o amor de uma tchutchuca está longe de toda a esperança. Este é um bom momento para agradecer a elas. Tchutchucas, muito obrigado.

Elas acordam bem cedo, verdes como a esperança. Podemos vê-las por todos os lados, pois podem ser encontradas aos montes nas portas dos colégios, nos ônibus, nos bailes populares. Mas não adianta, pela simples razão de que a maioria dos homens não sabe olhar. São nossas rainhas visíveis-invisíveis do bairro, são a razão pela qual este mundo não se estupora de vez. Elas adoram ganhar de presente piranhas do Mickey para prender os cabelos e que a gente goste muito, muito delas.

COISA DE NEGROS

Senhoras e senhores, bem-vindos ao fabuloso mundo da cumbia. Estão prestes a adentrar com ingresso preferencial (e numa Ferrari) o magnífico bairro da Constituição, berço da melhor cumbia do mundo, lugar onde tudo é possível. Maravilhem-se com esta espantosa história de amor entre Cucurto, o Abafante da Cumbia, e Arielina Benúa. Testemunhem a ascensão do maior cortiço da cidade. Conheçam todos os bambas da música tropical: Frasquito, El Digitador, Suni, a Bomba Paraguaia... Cuidado com os bolsos, com as carteiras. Apaixonem-se, ruborizem-se, surpreendam-se com estes dominicanos endemoniados, com estes paraguaios da San Chifle. Entrem, entrem, estão todos convidados...

1. O RECANTO DO LITORAL

Washington Cucurto se impressionou ao ver as garotas do supermercado. Uma luz estranha brilhou em seus olhos, e sua cara de caipira tarado assumiu uma expressão incomum. Imaginava as bundas por baixo dos tecidos; das grossas, azuladas e impenetráveis calças jeans. Distraía os olhos no suceder das nádegas... Recém-chegado e taradíssimo! O touro dominicano punha em estado de alerta as suas hostes! Ficava olhando as bundas redondas, portenhas, das garotas que distribuíam panfletos e pequenos brindes na entrada do Coto, e desejava ardentemente que fosse esse e não outro o seu Jardim da República... A propaganda do mundo estava em boas mãos. O dinheiro do mundo se valia de rostos angelicais e de vidas adolescentes. O comércio se banhava de ternura e assim conquistava uma imagem positiva, era visto e desejado por todos... O dinheiro do mundo dilatava as pupilas e perturbava os neurônios. Tornava-se alvo e delicado. O comércio do mundo era gracioso e delicado como um gatinho carinhoso num poema de Penna... O dinheiro era a louçania, a juventude e a bondade... Ó Supremo Inspirador do mundo moderno e das jovens almas! Capaz de refrear a mais humilhante decadência! Oh, transtorno, pracinha verde de tílias para o sonho das almas velhas! O amor vive em ti, os grandes impérios vivem o teu feitiço! Ó dinheiro, sem ti tudo é um pântano! Não existem tronos sem ti!...

E foi já no final do insuportável verão, da melodia rosada do verão, que Washington Cucurto chegou na Veloz do Norte. Entre malas e bolivianos, atravessou a rua e foi se sentar num banco da praça da Constituição. Chegava moído a Buenos Aires de uma viagem da distante província de Tucumán, onde fizera uma escala de cinco horas para fazer um show particular para o Caudilho e Governador da Província, Prudencio López Covachaba, primo do Presidente; que acabou deixando-o a pé, em pleno monte tucumenho, porque teria flagrado o negro encostando no muro a sua filhinha de quinze aninhos. "A garota não chiou, é você que vai chiar, meu irmão? Não seja egoísta, deixa a coisa rolar!" O Abafante da Cumbia teve que retornar num calhambeque caindo aos pedaços, que levou vinte horas para atravessar os Vales Calchaquíes, e que a toda hora tinha que parar pedindo um pouco d'água.

– Essas carroças não dão mais, cara!

– Não fale assim da Veloz do Norte, seu língua-de-trapos, essa lenda dos serviços de transportes argentino.

Naquela mesma noite, a cidade ia comemorar o seu quinto centenário, e ele estava a fim de chutar o balde, de arrebentar a boca do balão. E foi nesse estado de efervescência, em meio a esse clima de festejos, que o dominicano chegou à Constituição para cantar para a multidão patriótica, nessa noite mesmo, antes que os ponteiros marcassem a meia-noite. Seria o Grande Cucu o presentão que a cidade estava esperando e, em especial, toda a galera da cumbia?

Meus compadres!, antes de descambarmos para a chatice, voltemos à ação que se desenrolava no bairro de cortiços da Constituição. 14 h. Respirando um pouco dos "buenos aires" que a estação lhe oferecia, Cucurto pegou um táxi e pôs a mala no assento traseiro. Distraiu-se um segundo, ou nem isso, olhando a bunda de alguma vadia. O taxista arrancou levantando poeira dos dois lados, provocando um vento quente e sufocante. Saiu uma faísca do cano de descarga que se elevou até os galhos das árvores, que, a essa altura, estavam cobertas de fuligem e vapor. Era por volta de duas da tarde, já falei. E sumiu ziguezagueando na imensidão de tetos amarelos e carrocerias pretas.

– Tomara que bata num ônibus e fique que nem um acordeão! – praguejou o negro.

Parece que a sorte estava do lado dos bons, porque a porta do táxi marginal se abriu e, ao fazer uma curva, o sax rodou, dando pulinhos acrobáticos, para o meio da avenida, exatamente na hora em que o sinal mudou de cor e uma manada de automóveis e ônibus a cobriu por inteiro. Cucurto demonstrou toda a sua coragem e se lançou para fora, ao melhor estilo guarani: esquivando-se de cusparadas e palavrões de motoristas de ônibus e de táxis, doidos para amassá-lo com rodas imensas como patas de elefantes, driblando pára-lamas ingratos, pára-choques enferrujados...

"Tucumano plantador de batatas!", vociferavam os trabalhadores no transporte coletivo nacional, confundindo-o com um tucu. "Vai colher limão!"; "'Tá pensando o quê? Que isso aqui é um engenho?"; "Negro chupador de cana!"; "Corre, senão te esmago, safado!"; "Acha que é o Palito, é?"; "Sai, cabeça de figo, sai daí ou vai virar geléia!"; "Pára de ficar lambendo o asfalto, não dá limão aí, não!", gritavam os motoristas de ônibus e de táxis.

Indiferente a todas aquelas gozações, Cucurto corria atrás do seu sax em meio às carrocerias. Chegou a vê-lo a uns dez metros de distância, evacuando acordes entre pulinhos caprichosos, mas um ônibus se interpôs acelerando e soltando uma cortina de fumaça espessa e negra. A fumaça deixou seus olhos vermelhos e o fez chorar. Um forte ardor na garganta o emudeceu por instantes. Quando abriu os olhos, viu entre as árvores da praça um menino de uns cinco anos, ruivinho, correndo com o sax. O moleque atravessou as plataformas furando filas trabalhadoras. Dobrou por uma viela levando tudo pela frente: vestidos, camisetas do Mickey, pulseiras e jeans das barracas de camelô armadas na rua. Esquivou-se de carrocinhas de cachorro-quente e sorvetes. Passou diante do Hotel Cosmos, tocando em peitos e nádegas que àquela hora faziam fila para entrar no hotel de casais. Cucurto o perseguia resoluto, levando de roldão tudo o que o pivete driblava: vendedoras, prostitutas, automóveis. Seu azar chegou ao cúmulo quando bateu de cara numa carrocinha de cachorro-quente: a água derramou sobre a sua calça branca. Os amendoins doces e as maçãs carameladas voavam. Não demorou para ele pisar nas salsichas e cair numa poça de água fervendo, queimando-se como um bonzo. As pernas ficaram escaldadas, e os cotovelos, pelados. As costas se encheram de bolhas. Vinha uma música furiosa das lojas. O arbítrio multicor habitual do bairro agora se via amplificado por milhares de bandeirolas e faixas em branco e azul-claro penduradas por todos os lados, prontas para a maior comemoração da história do país. Sob o sol da tarde, o negro causava uma fabulosa atração; dá pra imaginar, mais de dois metros de altura, cabelo e pele de azeviche, anéis de safira reluzentes nos dedos, botas texanas à Tenente Collings; e some-se a tudo isso uma correria infernal atrás de um moleque mais magro que uma tábua. O bairro todo se mobilizou com os gritos e os modos do dominicano. Volto, voltemos. Cucurto se pôs de pé pisando em salsichas e potes quebrados de maionese. Tentou manter o equilíbrio apoiando-se na vitrine de uma loja, mas com tamanho azar que o vidro não agüentou e o fez desabar loja adentro. Os despertadores em promoção tocaram todos ao mesmo tempo. Os ursinhos de corda começaram a desfilar pela calçada; pularam o meio-fio e foram parar no meio da rua; um ônibus da linha 100 freou de repente para não atropelá-los, provocando um engavetamento. O Rei dominicano ficou sentado dentro da vitrine abraçado a dois enormes macacos de pelúcia. O proprietário da loja e duas lindas vendedoras tentaram levantá-lo. A situação foi embaraçosa: os 110 quilos do músico acabaram empurrando-os também para dentro da vitrine. O garoto passou novamente por ali após dar uma volta completa. Cucurto o viu e ficou enfurecido, arremessando as vendedoras para os lados diante dos olhos incrédulos de todos os passantes. Saíram novamente para a praça, deram três voltas completas, e o dominicano caiu duas vezes na água pútrida da sarjeta. A camisa de seda branca e o casaco de couro preto ficaram uma nojeira. Ele fedia a água podre, cheirava a cachorro-quente e maionese.

– O que é que está acontecendo, que eu não consigo pegar esse desgraçadinho! Devo estar muito gordo, cacete! – ele dizia para si mesmo, apertando as mãos. – Mas, ah!, quando eu botar as mãos em você, moleque dos diabos, vai me pagar por tudo isso!

A correria foi o assunto do dia no bairro. Logo houve divisões, segundo as preferências: o pessoal do lado par da rua era a favor de Cucurto, os do lado ímpar apoiavam o moleque. A competição saudável e o espírito desportivo se exaltavam. Os taxistas buzinavam e agitavam lenços indistintamente, passasse quem passasse. A improvisada bienal do bairro da Constituição começou a tomar cor: as caixas do Coto, de uniforme vermelho, saíram à rua para aplaudir a figura morena e de grande envergadura de Cucurto cada vez que ele passava. Impávidas, as bilheteiras da Companhia de Trens do Sul, de uniforme azul, saíram à rua e começaram a incentivar com mais força o menino prodígio. Sinceramente, Cucurto estava muito longe de conseguir alcançá-lo, mas não desistia.

– Será possível? Que vergonha, o que é isso? Estarei precisando de um bom fortificante? – preocupa-se agora o dominicano. – Estarei mal de saúde?

Afinal, o moleque escapou e Cucurto se estirou exausto sobre um banco da praça. De repente, de uma Ferrari branca parada na calçada do supermercado Coto, um negro dominicano toca a buzina e grita para ele:

– Você é o Abafante da Cumbia?

– Sou – responde Cucurto.

– Vamos, entra aí que temos que preparar tudo para o show desta noite. Bota as malas aí atrás. – E, olhando-o mais de perto: – Mas o que é que aconteceu com você? Faz quinze minutos que chegou em Buenos Aires e olha só como está. Foi atropelado por uma carrocinha de cachorro-quente?

O negro soltou uma sonora gargalhada.

– Roubaram o meu sax – respondeu Cucurto.

– Que barbaridade! Cada dia estão roubando mais! Bom, vamos conseguir outro. Agora, entra, ou acha que vai ficar parado o resto da tarde? Cuidado aí, não vá me sujar o estofamento. – Ao entrar no carro, Cucurto deu de cara com uns lábios vermelhos e carnudos e um rosto moreno belíssimo. Um par de tetas bem grandes e redondas sob um top vermelho, e mamilos pretinhos feito ameixas. – Desculpe, não os apresentei. Essa é Suni, a Bomba Paraguaia, dona e senhora do homem mais rico da Republiquíssima Argentina, o superempresário da música Fabián Frasquito. O homem que contratou você para cantar esta noite na festa dele.

Disse isso e arrancou violentamente com o carro, causando uma verdadeira convulsão no trânsito. O solavanco fez Cucurto aterrissar bem em cima dos almofadões de Suni.

– Cuidadinho, cavalheiro, não sou assim tão fácil e não gosto dos muito atirados – advertiu a Bomba Paraguaia.

2. A RAINHA DO PRATA

A cidade ia se transformando progressivamente. As árvores começavam a ganhar uma cor lilás, típica do outono. Era um entardecer fulminante, cheio de cores, odores e sabores. As pessoas lotavam as livrarias e os bares. As calçadas dos teatros estavam abarrotadas, e uma multidão fazia fila na porta dos cinemas. A enganadora Buenos Aires exibia por inteiro as suas belezas; sempre viva e majestosa, tomada pela gente mais extravagante, povoada até a medula por uma fauna extraordinária. Ei-la, disposta a deslumbrá-lo com suas guirlandas de cores ilusórias, ei-la em toda a sua arte, em toda a sua destreza para embrulhar peixes. Olha para eles, agora que a caranga pára num sinal, observa os bundões que moram bem, cercados de luxos e caprichos; e logo ali adiante, as criaturas comuns da existência respirando o mesmo ar; milhares, agarradas a ela como carrapatos, se virando do jeito que podem, estirando a língua a cada respirada. Pulando feito sapos... Esta é Buenos Aires, a Tróia do Prata; respire-a, beba-a, Mr. Washington Cucurto, pois o que você vai ver agora não vai encontrar mais em nenhum outro lugar do mundo. É, Buenos Aires linda e querida, mas também tétrica e mortuária, aquela em que a fama e o dinheiro estão a um passo de uma cama de jornal debaixo da ponte. Vá com cuidado, não se deixe impressionar. Não a desafie, nem aceite todos as suas taças de martíni, seus copos de

Fantas e Pepsis envenenados. Saúde, rei dominicano, saúde, paraguaios, bolivianos, peruanos, dominicanos, croatas, russos, ucranianos e sérvios do mundo, saúde, este é o hímen onde os sêmens de todos vocês se misturam!

O centro era um autêntico formigueiro naquela hora nada santa da tarde. Mas lá estava a Rainha do Prata com suas garotas e seus carros modernos, suas confeitarias 24 horas e suas lojas centrais, como tantas vezes você sonhou, Cucurto, enquanto olhava os montes escarpados de San Juan de Maguana, de mãos dadas com Silvinha, trocando beijos meigos, suspirando palavras indefinidas e tolas que o amor nos faz dizer, em meio à fumaceira de uma queimada do último engenho clandestino em funcionamento em toda a Dominicana... Ah, esses engenhos de antigamente, retrato fiel de uma Dominicana que existiu e hoje já não existe. Uma Dominicana que poderia ser o coração do mundo, a ilha mais linda da terra, a flor do Caribe, mas que agora é uma menina brincando com os porcos nas sarjetas. Mas chega de conversa mole! Silvinha e a República Dominicana estão muito distantes, e você está aqui, Washington Cucurto, e a cidade abre as pernas para que você enterre tudo. Nunca seu pai teria sonhado uma coisa dessas quando o levou para cantar com ele nas quermesses dominicanas, com doze anos de idade. E desde então você não parou mais de cantar por aí. Não havia quermesse, nem feirinha, nem arraial capaz de resistir a você; andou com a sua música por toda parte: Hato Mayor de Higüey, San Pedro de Macorís, Santa Cruz de Barahona, el Cibao, Santiago de los Caballeros, Monte Cristi, Azúa, La Vega etc. E agora você é o Rei do Caribe, o Abafante da Cumbia, seus discos vendem como água. Mas como você gostaria de poder descansar, de esquecer tudo, de não compor nem cantar mais. O mundo da cumbia é asfixiante! Washington, você só tem 24 anos, não banque o panaca! Você logo vai ter tempo de sobra para descansar. Aqui está Buenos Aires, toda sua, abrace-a, se puder. Ela é a sua última parada antes de chegar ao Paraíso.

3. NA FERRARI, COM IDALINA, DORICEL E MAGELA

As ruas, os toldos, os postes de iluminação, as sacadas, tudo se cobria de azul-celeste e branco. A tarde de verão minguava, soltando uma última lufada de vento quente. A Ferrari cortava o centro da cidade, a 180 por hora, deixando uma esteira faiscante de vapor à sua passagem. Henry, o chofer dominicano, olhava as lourinhas posudas que saíam dos escritórios de Tribunales. Cucurto sentiu algo sob os pés, no chão do carro. Desesperado, começou a pisar naquela massa informe de gordura, pêlos e pulmões. Henry deu-lhe uma bronca: "Que é que você está fazendo, seu veadinho? Pára de bater no pobre animal! Não está vendo que é a nossa mascote?" "Tirem esse monstro de cima de mim!" "Emanuel, para o seu lugar!", ordenou Suni, e o tamanduá foi se esconder debaixo do assento. "Meu marido o trouxe para mim do Sul da Ásia. O único exemplar em toda a América." O filho único de Frasquito olhava com seus olhos negros e brilhantes para Cucurto, que continuava apavorado. "Pô, caramba, eu pensei que os negros gostassem dos animais!", disse Henri rindo. "Aonde vamos?", perguntou o músico enquanto a Ferrari enveredava por uma entrada lateral. "A Lomas de San Isidro, à mansão do senhor Frasquito. Hoje é o aniversário dele, e pretendemos entrar noite adentro comemorando", respondeu Suni. Henry fez uma manobra. "Preciso dar uma paradinha rápida, senhora", desculpou-se. "Está bem, Henry."

Estavam diante de um edifício malconservado, colonial, com uma luzinha na porta. "O que é isso?", perguntou Cucurto olhando para Suni, que não parava de ajeitar o top para que as tetas não saltassem para fora, ao mesmo tempo que tirava da bolsa um maço de cigarros guatemaltecos. "El Palomar. A maior cabeça-de-porco da Argentina. O prédio tem mais de 1.500 apartamentos, e cada apartamento tem de quatro a nove beliches. Sabe o que isso significa? Que aqui são uns cinco mil votos e mais de vinte pontos de ibope para o meu programa de TV a cabo que começa semana que vem. "E o que o Henry foi fazer aí?" "Foi buscar umas primas, as dançarinas que vão acompanhar você esta noite no palco. Elas também vão fazer um servicinho. Os convidados do meu marido querem conhecê-las." Suni desviou o olhar para as vitrines das lojas da rua Talcahuano. "Linda cidade, não é mesmo, senhor Cucurto?" "Uf, incrível, estou fascinado desde que cheguei", ele concordou. "Faria a gentileza de me acender o cigarro?", ela pediu, reclinando o corpo sobre o peito do músico, fazendo com que suas grandes tetas lhe roçassem o ombro, e encostando os lábios na orelha dele. Cucurto pegou o isqueiro, chegou o corpo para trás para poder acender o cigarro e exclamou: "Pesadinho, hein?" "É de ouro maciço. Presente de aniversário", acrescentou a dama, jogando fumaça em seu rosto. Nesse momento o chofer dominicano sai de El Palomar com três negras. "Vamos lá, meninas, entrem." E dirigindo-se a Cucurto: "As três melhores dançarinas de Buenos Aires. Apresento-lhes o maior músico da República Dominicana, don Washington Cucurto, embaixador da nossa cultura. Cumprimentem o homem, meninas", ordenou o negro. "Fiquem comportadas, e muito cuidado para não me mancharem o estofamento. Não esbarrem com as pernas na madame." As negras se acomodaram nos assentos traseiros como puderam, rindo, dizendo piadinhas sexuais, empurrando e quase expulsando a madame do carro.

As três esfregavam as nádegas na cara do surpreso Cucurto. "Ei, Cucurtinho, é verdade que você gosta do dentinho de elefante?", as dominicanas lhe perguntaram em coro. "Porra! Calem-se, suas dominicanas diabólicas", interveio Henry com cara de poucos amigos. "Se vieram do meu país pra ficar galinhando aqui, era melhor terem ficado em Santo Domingo. Mentira que não tem trabalho! Vocês não querem é esfregar um chão, nascem com uma banana-d'água na pança e uma piroca na frente! Essa é que é a verdade!", gritava Henry apertando firme o volante e pisando fundo no acelerador. "O que nós queremos é uma carreira artística decente. Temos talento, você sabe muito bem, primo", disse Doricel. "Esta noite se comemora o aniversário da cidade, vamos subir pela primeira vez num palco e aí mostraremos o nosso valor", disse Idalina. "Isso, garotas", Magela se entusiasma, "esta noite, na entrega dos Cachitos Vega de Oro, temos que demonstrar o quanto valemos!" "A única coisa que vocês têm de artístico é a bunda." Logo a Ferrari deparou com a espetaculosa Avenida 9 de Julho. Cucurto baixou o vidro para sentir na pele a beleza de uma cidade que mostrava todo o seu esplendor. O vento batia-lhe no rosto. A poucas quadras, a Ferrari parou num engarrafamento provocado pelo calor de um protesto. Sons persistentes de panelas. Apesar de tudo, a tarde ia ficando quente. "Cala a boca, seu sem-vergonha! Se a mulher dominicana pudesse viver um pouquinho melhor em seu país, não precisaríamos ficar aqui ouvindo você! Entende de uma vez por todas, seu demônio, aqui eles botam a gente pra trabalhar e arrancam o couro, dia e noite, sem nem um copinho d'água, nada, chifrudo dos diabos! E pagam uma miséria, nunca vi gente pior que os argentinos. Nunca lidei com alguém que se pudesse chamar de gente neste país dos infernos!" Cucurto, visivelmente tocado com a situação de sua gente, não sabia o que dizer. Para quebrar o gelo, cantarolou uma antiga canção dominicana. As garotas lacrimejaram, sensibilizadas. As pessoas nos carros parados ao lado não acreditavam no que viam. De onde teriam saído esses negros malucos? E esse carrão? Que será aquele animal esquisito que está lá dentro? Henry provocou-os: "O que é que foi? Nunca viram uma Ferrari, cambada? Não fiquem olhando muito pra ela, que vão botar mau-olhado! Não ouviram? Nós devemos alguma coisa a vocês, seus babacas?", gritou para eles, e cuspiu na porta de um dos carros, abrindo exageradamente a boca e mostrando todos os dentes. A sensibilidade musical das negras durou menos que a casca de uma banana-d'água. Num instante esqueceram tudo e voltaram à normalidade com sua alegria desbocada. "Olha, nós também temos o nosso trovador nativo, meninas!", exclamou Magela, preparando o terreno para a piada. "Será que ele também tem a cabecinha vermelha?", arrematou, excitada. "Ah, Mage, não seja mal-educada com o paizinho tão lindo! Que bonequinho, e olha como é caladinho. Como eu queria um marido assim, pra casar, ter uns mil filhos, servi-lo e cuidar da nossa casinha!", prosseguiu Idalina. "Enquanto isso, ele trepa com a cidade inteira, e você que nem uma boba ralando dia e noite. E ele só na gandaia. Eu, nem morta, nessa ninguém me pega, nem que fosse o padre da cidade, quer saber?, homem é tudo igual! Parir para depois passar fome? Ah, safado, comigo não, não me emprenham nem dormindo, eu me basto sozinha, nem com o diabo eu me amarro mais..."

Quando os manifestantes atravessaram a Avenida em direção ao Congresso, Henry gritou para eles: "Vão trabalhar, cambada de vadios, suas vacas velhas, por que não vão cozinhar com essas panelas?", e pisou fundo no acelerador. Os 240 cavalos de potência do motor começaram a relinchar. Os amortecedores se levantaram fazendo subir a dianteira; as rodas se estufaram e se recobriram de uma fina camada de alumínio; atrás surgiram uns pára-lamas imensos, e o turbo fez o motor rugir. O negro pirou com aquela tremenda máquina e começou a berrar: "Você sabe", falava de novo com Cucurto, virando raramente a cabeça para trás para não se descuidar da direção, "quando eu cheguei a este país, me mandavam limpar banheiros, e eu ia, me mandavam varrer a rua, e eu ia. Não existe trabalho desonroso. Mas você pensa que alguém mais queria ir? Ninguém. Diziam que aquilo era tarefa para negro dominicano fazer. A mesma coisa com essas negras: por que elas não trepam no nosso país? Porque as famílias delas condenariam. Vir de tão longe para fazer isso aqui..." "Chega, Henry!", Suni o fez calar. "Desculpe, senhora, é que às vezes me vem o espírito patriótico." "Isso é machismo, isso sim... Que maneira é essa de tratar as mulheres? Se Perón fosse dominicano, essas negras não estariam aqui. Nem elas, nem você, ninguém estaria aqui, Henry, isso eu lhe garanto."

A Ferrari branca enveredou pela avenida Tronador para percorrer um par de quadras e entrar num bairro residencial. Dobrou numa rua de casas com telhado de duas águas, garagem e jardim na frente. Chegando à esquina, numa ladeira, havia uma casa branca em estilo colonial, com uma entrada em corredor coberto, e nas laterais, como guardiões, dois enormes leões de mármore branco, secundados à direita por um olmo e, à esquerda, dando sombra a granel, um típico umbuzeiro do pampa argentino. As grades dos portões de entrada se abriram, e o carro subiu por uma ladeira estreita e sinuosa. O caminho dava num jardim de flores e plantas exóticas, povoado de animais soltos, de regiões remotas, que requerem um trato delicado. Vinte metros adiante, uma piscina do tamanho de uma quadra de tênis, cheia de plantas aquáticas e bóias onde belas criaturas de biquíni tomavam sol. A música que vinha de uma das portas de entrada soava muito alta. Sobre o tapete molhado de champanhe, muco e mijo de uma atrizinha de telenovela bêbada e depressiva, tocava Hippie

Irado, a maior banda de cumbia do país. Pela manhã, no terminal rodoviário de San Miguel, antes de pegar a Veloz do Norte, Cucurto lera na *Gazeta de Tucumán* que os integrantes do Hippie Irado tocariam à noite na festa de entrega dos Cachitos Vega de Oro e nas festividades dos quinhentos anos de Buenos Aires. A nota também informava que o primeiro LP da banda já havia superado as 35 milhões de cópias vendidas na Argentina, Colômbia e Venezuela, e o sucesso mais ouvido, "Flor do meu tesouro", não parava de tocar em todas as rádios do país. E agora ali estavam eles, tocando num palco improvisado: um living super-majestoso de mais de duzentos metros quadrados. Apresentadoras de programas infantis, nuas, bêbadas, pedindo mais cocaína. Jogadores da seleção, jornalistas, políticos e demais ervas daninhas e celebridades, todo o mundo a fim das mesmas coisas.

Cucurto saiu do carro exibindo seu metro e noventa e cinco. Foi seguido pelas negras, que bamboleavam e remexiam as nádegas com grande destreza, os sapatos de salto alto nas mãos, e levantando até os joelhos os vestidos colados no corpo de forma a mostrar as pernas torneadas e perfeitas. Lindas. Suas bundas grandes e cantoras riam. As dominicanas correram ao ver as mesinhas servidas com empadas caseiras e bandejas cheias de docinhos. Cucurto mal acabara de fechar a porta quando uma dançarina de cumbia, aos berros, veio para cima dele. Sentado na Ferrari, Henry lhe disse:

– Aproveite, amigo, que vou guardar o carro e já volto.

4. NO RECANTO DO LITORAL

– Boa noite, irmãs e irmãos paraguaios!... Bem-vindos a esta noite superexcitante!... Bem-vindos a esta noitada única e inesquecível na história da música tropical! Bem-vindos à sua casa, o Recanto do Litoral, palácio da cumbia paraguaia! A maior festança do mundo! Bem-vindos ao mundo maravilhoso da música, da alegria e do amor!... Muito boa noite a todos os meus companheiros do Paraguai! Mais fooooorte! Vamos aplaudir mais forte! Uau uau uau uau, uau uau! E nesta noite superestelar... sem precedentes na televisão argentina, faremos a entrega da estatueta sagrada... O prêmio mais importante da televisão argentina! O Palácio da Cumbia se orgulha de apresentar a todos vocês, fabuloso público paraguaio, em apresentação única em Buenos Aires, o seu novo e SEN-SA-CIO-NAL espetáculo!... A grande entrega... É isso aí, irmãs e irmãos paraguaios... Como eu estava dizendo, O ÚNICO! O SUPERMAJESTOSO! O MARAVILHOSO E AGUARDADO CACHITO VEGA DE ORO! Palmas fooooortes, sem parar! E tem mais, muitíssimo mais! Nesta noite emocionante, que há de ficar no coração de todos nós, já que também comemoramos os quinhentos anos da Primeira Fundação desta bendita Cidade, que sempre nos recebeu de braços abertos. Eu dizia que nesta noite... noitada inesquecível!, eu tenho a gratíssima honra de apresentar a todos vocês ao mais novo deste grande evento e estrela da noite... Irmãs e irmãos paraguaios! Com vocês... a estrela máxima do gênero tropical em todo o mundo, vindo especialmente da linda e encantadora República Dominicana, a figura mais importante de nossa música latina, o número um em todas as paradas dos Estados Unidos... Com vocês... o senhor Washington Cucuuuuurtoooooo, o Abafante da Cumbia, e seu trio de dançarinas!... Aplausos fortes também para elas! Aplausos! Mas esperem... Um momento, por favor!... Podem parar de aplaudir, que uma informação de última hora me está chegando, dizendo que o Grande Abafante ainda não se encontra entre nós, devido a um probleminha de trânsito... Mas ele já está a caminho. De qualquer maneira, para que ele nos ouça de onde estiver... Agora, sim, aplausos bem fooooooorteeees para o Grande Cucurto!

5. A SUPERFODA DENTINHO DE ELEFANTE

– Me come, negão, me come – vinha gritando a dançarina de cumbia. – Nossa! Como você é alto e forte! Vem com tudo, arromba a minha persiana, me enterra tudo até o cabo, até enxaguar o meu duodeno!

Isso enquanto Henry ia estacionar e Suni entrava na casa reclamando do barraco que as negras tinham aprontado no carro. "Coisa de negras." "Olha que não vou aliviar, hein?!", disse Cucurto, o que evidentemente aumentou ainda mais o fogo da dançarina, a ponto de ela começar a gritar e a suplicar: "Por favor, me arrebenta toda, negão! Vem com tudo, pinta as minhas tripas de branco, me pasteuriza o fígado!" Dito isso, e sem mais preâmbulos e preliminares, a adolescentezinha sem preconceitos ajoelhou-se diante do Deus Morcelão do negro enquanto arrancava o suéter, fazendo voar os três botõezinhos e deixando a descoberto um belo par de peitos brancos. Com a língua baixava-lhe a cueca e com os lábios sugava-lhe os ovos. Era incrível como, com tanta coisa na boca, ela ainda conseguisse falar, mas era o que acontecia: "Dá-lhe, ararinha do meu coração, acorda, minha vida! Dá-lhe, Tarzan, estica esse cipó! Aí, pirocão, me cospe na cara! Me espalha um creminho pra cútis!" Cucurto não conseguiu mais agüentar tamanho cinismo dialético e agarrou-a firme por um braço, levou-a para o jardim, sentou-lhe um furioso beijo tucumano e jogou-a em cima de umas rosas caríssimas trazidas de Tóquio. Por um instante ele se sentiu o próprio Monzón filmando *La Mary*. Levantou-lhe a saia até um pouco acima do umbigo, baixou a calcinha rosa e, sem pestanejar, cravou a pica até o fundo. Depois tirou, e tornou a enfiar, agora tipo "frango assado", ela com as perninhas bem para o alto, espetando-se nos espinhos afiados e abundantes de umas rosas vindas da Nigéria. Ó rosas negras nigerianas, se vocês falassem! As rosas negras se renovaram com a pele ensebada de Cucurto... pele à base de refogados de carne meio estragada e ensopadinhos de miúdos... Ele a mantinha enterrada bem lá no fundo; a modelo-e-manequim gemia, elegante, para as câmeras. Mas aqui não tem câmera nenhuma, sua piranha! Contra todos os prognósticos, a criança se desprendeu dando dois ou três pulinhos para frente como se fosse uma coelhinha, e ficou de costas para Cucurto. Ajoelhada como estava no gramado ralo, abriu as nádegas o máximo que pôde, até quase se rasgar. O sexo traseiro da dançarina abria-se como uma flor noturna. O sangue obedeceu ao chamado do músculo, e Cucurto partiu para cima febrilmente. Puxava-a pelos cabelos num ritmo de feiticeiro da tribo, enquanto ela suportava estoicamente os movimentos do músico. Washington depositou seu primeiro voto vencedor na urna carnal. Depois, sem sair de dentro: "Como você se chama?" "Ari, Arielina." "Eu te amo, meu amor. Arielina!", deixou Cucurto entreouvir entre arquejos e frases soltas, dando ao mesmo tempo um profundo beijo de amor na garotinha. "E você me ama?", perguntou a ela. "Nem sei seu nome..." "E daí, não importa!" "Sim, sim, eu te amo, morenão da minha vida!", estremecia a dançarina à medida que Cucurto bombeava com mais força. "Morenão pirocudo e demolidor! Vai me deixar a buceta que nem uma caçarola!", gritou Arielina à beira do orgasmo. Seus enormes olhos celestes ficaram cheios d'água, estava a ponto de chorar. Cucurto dava-lhe ternos beijinhos na nuca. E repetia mil vezes que a amava. A garota, para não se sentir em dívida, começou a tirar-lhe os pentelhos dos bagos, produzindo o efeito "palmadinha". Aos poucos foram se colocando em posição de 69; Washington mamava-lhe a vagina e lhe sorvia o clitóris como se fosse a garrafinha de água de um maratonista após uma corrida. Ela não ficava atrás por nada desse mundo e de vez em quando tirava uma nova jogada da cartola. Agora, dava-lhe delicadas mordiscadinhas no grosso anel de pele que se formava em torno da glande. A verga cucurtiana ia intumescendo cada vez mais à proporção que recebia aqueles gulosos exercícios, até que finalmente descarregou uma chicotada de frustradas cruzas, mestiçagens e descendências truncadas. Toda uma geração se acabava ali! Jogada ao léu! Dentro da boca dessa senhorita apaixonada! A qual, longe de se afastar, sugava mais e mais até ficar com a boca cheia de gerações inteiras de paraguaiozinhos e dançarinos; deleitava-se com tantas gerações na boca, a menina! Ah, a graciosa cavidade bucal da dançarina é o lar dessas gerações que nunca serão! Ah, a maternal porção de saliva, cálcio e sarro da melhor cumbia do mundo! Gerações inteiras que jamais dançarão! Moreninhas que jamais exibirão sua beleza no fragor de um baile! Músicos que jamais comporão!... Aqui estão, dançando pela única vez, pela única vez convivendo na boca desta criança, nesses lábios apertados que lhes negam o mundo. A boca maliciosa de uma mulher terminará pondo fim a gerações inteiras! Sem dúvida, deliciosas crianças perfumadas! No beijo de suas boquinhas pintadas, esconde-se o triste destino da humanidade!

Quando não pôde mais agüentar tanta gente em forma de líquido em sua boca, a púbere-impúbere começou a soltar o sêmen pelo nariz, algo nunca visto, mas sempre ouvido: o lendário "dentinho de elefante"...

6. UMA NOITE SUPERESPECIAL: AGUARDAMOS O NOSSO ÍDOLO

– E nesta noite superespecial, inesquecível na vida de todos os paraguaios, continuamos à espera do Grande Abafante da Cumbia, o Rei Moreno do Caribe Washington Cucurto, que de uma hora para outra estará aqui conosco. E não vamos esquecer, especialmente todas as meninotas, e (por que não?)

as belas trintonas também, que esta noite, junto com o grande Cucurto, tocarão os cabeludos... Éééééé!, já estou ouvindo os suspiros das gatinhas, braços erguidos balançando lá no fundo, o cheirinho excitante de calcinhas molhadas... É melhor que vocês mesmas os chamem: estou falando do grupo que faz furor na Argentina... Éééééé! Gritem bem alto, eu empresto o microfone, quando eu contar três podem prender a respiração... lá no fundo as mais novinhas... os cabeludos do FORTE!... HIPPPPIIIE IRADOOO!!!... impressionante como lá no fundo se levantam os pôsteres com os rostos de Mil Pilhas, voz, Dominó Carcajón, teclado... e um grande alvoroço no palácio, sem dúvida o mais cobiçado pelas meninas, Kudo, no baixo, e na percussão, Luis Pérez, a aranha venezuelana, a mais nova aquisição do Hippie Irado... Vamos ver: levante a mão a garota que não tem o último disco do Hippie Irado... Corram para comprá-lo nas lojas! Com o ingresso, vocês ganham um desconto em qualquer das lojas da Música Feliz! E também vou avisando que não percam o ingresso, pois com o numerozinho vocês estão concorrendo a prêmios sensacionais... E o primeiro prêmio, seis lingotes de ouro, um apartamento e uma viagem para três pessoas com os componentes do Hippie Irado num cruzeiro por todo o Caribe!... Enquanto aguardamos o Grande Cucurto e o pessoal do Hippie, vamos apresentar os nossos convidados de honra. Mas... Não, esperem, está me chegando uma notícia neste momento... Como se esta noite ainda precisasse de mais surpresas... e esta notícia é sem dúvida o fecho de ouro da noite... Estou tendo a confirmação de que hoje, além de ser o aniversário da cidade, é também o de uma outra pessoa... Vejamos se esse público maravilhoso adivinha! Vamos lá! Que seria de nós, artistas, sem vocês?!... Já adivinharam? Dou-lhes um minuto... Que noite incrível, meu Deus! Espero que mamãe esteja gravando tudo em casa, uma saudação para ela também... Éééééé!, acho que ouvi alguma coisa por aí, alguém falou o nome... Éééééé, hoje é o dia do aniversário de sua excelência Don Palmiro Palito Pérez! Aplausos para sua excelência! Um forte abraço do fundo do nosso coração para o homem que rege o destino dos nossos irmãos argentinos! Muitas palmas, irmãos paraguaios! Cadê as palmas do pessoal lá do fundo? Vamos cantar para ele o "Parabéns pra você", todos juntos, irmãos argentinos e irmãos paraguaios! Como bem dizia o General, para um paraguaio nada melhor do que um argentino, e vice-versa... Paraguaí jaipotáva...! Muitas felicidades, muitas fe-li-ci-da-des, Pa! Li! To! Parabéns! Vamos aplaudir com vontade!... Agora todos os paraguaios cantaremos em guarani, enquanto o Presidente sobe ao palco para soprar suas vinte e seis velinhas chamejantes.

7. NO JARDINZINHO DA MANSÃO DE MR. FRASQUITO, COM O HIPPIE IRADO, BICHOS-PAPÕES E TODA A GENTE MARAVILHOSA DESTE PAÍS

Não se escutava mais a música do Hippie Irado vindo da sala de jantar da mansão. O silêncio tinha tomado conta dos seis hectares da quinta. Pelas amplas escadarias de mármore do hall vinha descendo o chofer profissional da família Frasquito, Henry Rivera Inclinada. Com o rosto executava movimentos gestuais e de salsa com as pernas. A seu lado, apaixonada e agarrada à sua mão, descia Doricel, a morena-loura, ajeitando a saia e endireitando o sutiã. No jardim, Cucurto tentava se recuperar, engatinhando até uma torneira semi-oculta por umas trepadeiras. Abriu-a e saiu um jorro de água gelada. Ele pôs a cabeça debaixo da torneira. A dançarina adolescente seguia-o até a morte, mordiscando-lhe os tornozelos. Cucurto puxou-a para si, abraçando-a pela cintura. Arrastou o corpo dela até apoiá-lo no tronco de um jacarandá que sempre estivera ali, quase impune, redescoberto agora com um sortilégio mágico, do outro mundo... Afastou o cabelo molhado que lhe grudara no rosto e olhou-a bem nos olhos. Disse algo indescritível, duas palavras, talvez um balbucio que o vento se encarregou de levar rapidamente. Arielina lacrimejou. O céu permaneceu imóvel, sem piscar sequer. Os olhos celestes de Arielina, sob o jorro de água gelada, pareciam duas águas-marinhas recém-encontradas no fundo de um riacho. Era esse exato instante o único que Deus deixara ao capricho e à vontade das almas jovens. O instante supremo em que seu coração passava de uma batida a outra, caudalosamente; momento transcendente e ultraterrestre no qual o sangue profanou um ávido bater de asas. Se foi ela que lhe ofereceu a boca, ou ele que se aproximou dela, não importa! Um perfume de Borgonha do centro da terra; um som de desafio de pirilampos vindos sabe-se lá de que galáxias; um ruído de roçar de ruge e bigode; o silêncio das estrelas, a posse inescrupulosa do beija-flor sobre o roseiral de setembro, amoroso, entre as flores de abóboras verdes e o jacarandá solitário – todos se mesclavam abraçados no gesto mais lindo da face da terra. Só quero dizer que ele a beijou (um beijo ligeiro como a asa dos fantasmas, ou como a pele das vendedoras de salgadinhos, com as quais você nunca deve trocar uma palavra; porque, se o fizer, "um trabalhinho" de magia negra se abaterá sobre você, segundo o vaticínio, durante uma sesta provocada pelo sol e carraspana). Washington sentiu todo o peso das vísceras, um calafrio espectral lhe percorreu a espinha, como uma aranha. Ele a apertou firme de encontro à boca, até deixar seu rosto vermelho. É o amor, Cucurto, que entrou na sua vida com apitos e matracas, bumbos e cartazes. No meio do beijo, os dois adormeceram abraçados por um quarto de segundo sob a água escandalosa, indecente.

E não é, Cucu, que depois de tanto vagar você encontrava o amor da sua vida?... Acabariam para sempre suas peripécias mulherengas? Nesse caso, nunca mais voltaria à cidade que o viu crescer? Você seria mesmo capaz de fazer isso, Cucurto, por amor? Seria capaz de semelhante ingratidão? Deixaria para sempre seu pai, camelô, e sua mãe, enfermeira? O amor é mesquinho, entregamo-nos a uma e abandonamos todo o mundo! Cucurto, você não pode ser assim tão cruel! E que será de Silvinha, o seu amor de menino, que está esperando por você numa cabana de palha em Barahona?... Vai deixá-la esperando para sempre?... Você faria isso, Cucu? Seria capaz dessa crueldade?

Grandes nuvens brancas e vermelhas anunciavam uma tempestade. Começou a pingar. Foi quando se ouviram fortes aplausos vindos da sala de jantar. Aquela gente barulhenta explodiu comemorando o beijo. Eles os estavam espionando, boquiabertos com o que presenciaram. Jogaram champanhe para o ar, notas de dez mil guaranis. Um, mais exagerado, fora de controle, lançou ao ar três bolsas de um pó branco. O salão foi coberto por uma névoa tênue. Tossindo, com a garganta coçando, os convidados saíram para o jardim e fizeram uma roda em torno dos namorados. Nesse ínterim, passaram por eles em direção ao microônibus os componentes do Hippie Irado e as dominicanas, com a boca cheia de docinhos. Mil Pilhas parou diante deles, apoiou o violão num joelho, deu três batidas com a palma da mão no bojo de cedro do instrumento e tirou uns acordes desafinados a título de homenagear os amantes. Depois, enchendo a garganta, gritou:

– Viva os namorados, merda!

O bispo de San Isidro abria passagem aos empurrões, drogado e nu, cobrindo-se com a batina, distribuindo bênçãos com uma taça de vinho. "Abram passagem para este pobre profeta, ovelhas do Senhor!", conseguiu juntar algumas palavras. Persignando-se e tocando-lhes as cabeças, voltou a proclamar, solene: "Eu os declaro marido e mulher. Em nome do Pai, do Filho e do Espírito Santo! Amém! Podem se vestir", conseguiu dizer o sacerdote em meio à zona geral. A alegria se alastrou como uma faísca numa mecha. Os dois foram erguidos num andor como se estivessem numa procissão. Henry, vendo semelhante alvoroço no jardim como se se tratasse de algum piquenique, disse, abrindo a roda violentamente: "Parece que o vinho não lhes caiu bem! O que estão fazendo? Vamos acabar todos presos. Para dentro, o que estão pensando? Que os vizinhos não percebem nada?..." Dando uma volta, exibindo um sorriso perfeito, com uma postura de absoluto cavalheirismo, ergueu as palmas das mãos e se dirigiu aos vizinhos, que já assomavam às janelas e varandas: "Desculpem, estamos fazendo um filme. Prometo ingressos para todos. É preciso apoiar o cinema argentino, não acham?"

Depois de limpar a barra, olhou de soslaio para o casalzinho de namorados, sentados no canteiro, abraçados, fundidos, no limite das demonstrações de carinho. "E vocês, o que estão fazendo aqui? Um strip-tease ecológico?" Agarrou Cucurto pelo braço e ajudou-o a se endireitar. Foi difícil separá-lo de Arielina, que continuava sentada no chão, nua como uma Lola Mora pós-moderna. "Olha só, amigo", disse ele enquanto andavam pelo gramado recém-aparado que margeava a piscina, e sem tirar a mão do ombro do músico, "você também é dominicano, como eu. O.k.? É inexperiente nisso, aceite o meu conselho. Buenos Aires é muito sedutora; as gurias, como se diz muito bem neste país, abrem as pernas por qualquer coisa. Não dá pra ficar comendo meio mundo, vai acabar chupado como um figo em menos de duas horas. Você tem sorte, já pegou uma bem linda; mas, porra, não vá se enrabichar a torto e a direito. Fique tranqüilo, Don Cucurto, não se deixe levar pelas ondas enganadoras da fama. Pare de andar com essas piranhas. Mire-se um instante no espelho, veja como está. Acaba de chegar da República Dominicana. Acha que vai agüentar muito mais nesse ritmo?... Agora, mudando de assunto: você ainda não tomou banho, não é? Vão tocar dentro de 35 minutos. Não há tempo", e o empurrou para dentro da piscina. Cucurto mal acabara de cair e o negro já o apressava: "Vamos, saia logo de uma vez, ou vai querer ficar aí a noite inteira?" Cucurto se apóia na beira da piscina e de um salto cai no gramado. Esfrega os olhos como uma foca espevitada. Uma voz lhe diz: "Temos que viajar até o Recanto do Litoral, no bairro da Constituição. Anda, que o ônibus já vai sair. Está todo o mundo nos esperando."

De dentro do microônibus Frasquito gritou: "O que é que há, Henry? Por que estão demorando tanto? Você está trocando as fraldas dele?" Os Hippie Irado gostaram da piada, dando fortes gargalhadas e segurando a barriga de tanto rir. A Bomba Paraguaia, contrariada, cruzou as pernas fazendo caras e bocas. Ao lado, o Grande Digitador, manager e amigo pessoal de Frasquito, repassava o programa da noite: "Primeiro sobe ao palco a Bomba, depois o Hippie Irado, e Cucurto encerra o show, com suas dançarinas. Aí, plim, foi pra conta, e feliz aniversário para a cidade", disse a si mesmo.

8. NO MICROÔNIBUS DE LOS PALMERAS. O ABAFANTE CONHECE FRASQUITO. RUMO AO RECANTO DO LITORAL

Aos empurrões e pelado, Cucurto caiu sobre os assentos forrados imitando veludo e em cima dos infradotados componentes do Hippie Irado, que dormiam a sono solto, completamente bêbados. "Chefe, apresento-lhe o Abafante da Cumbia, um verdadeiro ídolo", disse Henry subindo para o volante do ônibus. "Muito prazer, mestre!", disse Frasquito, sentando-se ao lado do motorista. "Para o Recanto, Henry, por favor." A toda hora o baixista da banda acordava para pedir um uísque: "Rápido, um uísque, garçom", dizia em sonhos a Dominó Carcajón, o tecladista, que imediatamente se virava para vomitar em cima dos outros. Mil Pilhas, o vocalista da banda, mijava na cara do sonolento baixista, que dizia: "Obrigado, garçom", e logo depois, entre soluços e roncos, repetia: "Outro uísque, garçom, mas desta vez com gelo, que o último estava meio quente." E continuava roncando. Arielina tentou desesperadamente entrar também no micro. Henry a deteve levantando a mão meio ao acaso, mas o suficiente para estabelecer limites: "O que é que há, queridinha? Aonde você quer ir? Faça-me o favor de ficar bem quietinha aí. Você acha que Cucurto vai se amarrar na primeira doida que apareça? Ele é o músico mais importante da América Latina, para o seu governo. E, para você parar de chorar, pega aí este CD de presente", falou, estendendo-lhe um disco. Vendo que a garota estava insistindo, ergueu as sobrancelhas como se a estivesse convidando a falar no microfone, soltar a franga, ou algo parecido com aquilo que todos conhecemos bem. "O que você está pensando que eu sou, uma qualquer? Pois se enganou, meu filho!", Arielina bateu no peito. "Com essa eu não vou conseguir nada", pensou o negro, resignado.

Estéril, Arielina começou a berrar: "Cucurto, minha vida! Meu amor! Se me tirarem você, eu me mato! Você fez de mim uma fêmea! Minha vida! Prefiro a morte a viver sem você! Cucu, você está me partindo o coração! Se me deixar, meto uma bala na cabeça! Estou avisando, juro que vou cortar as veias!"

Cucurto, ao escutar os gritos, botou a cabeça pela janela e disse: "Arielita, meu amor. Para onde estão me levando? Por que estão nos separando? Sem seu amor minha vida não tem sentido! Arielita, flor dos meus sonhos..." Arielina, de um pulo, se agarrou ao pescoço do dominicano. Beijaram-se apaixonadamente.

O enorme Mercedes de dois andares, com um sol e duas palmeiras desenhados de ambos os lados, começou a se locomover. Precipitou-se em velocidade média por uma ruazinha de paralelepípedo que terminava num par de portões de bronze. Arielina seguia atracada ao pescoço do amado. Seu corpo no ar, agarrado à janela e à cabeça esticada de Cucurto, ocultava a inscrição em letras douradas: "Grupo Los Palmeras". Prometeram-se mil coisas, delírios que jamais iriam cumprir, até que finalmente a dançarina desistiu. Soltou o pescoço grosso do dominicano e caiu no gramado que ladeava a ruazinha. Foi rodando, rodando, rodando, até ser contida por um portão altíssimo. O ônibus se distanciava cada vez mais, sem obedecer aos sinais. Arielina se agarrou chorando às grades do portão, ajoelhou-se sem soltá-las. Passou no rosto o punhado de cabelinhos do pescoço de Washington Cucurto que lhe tinham ficado entre os dedos. Uma nuvem de poeira cobriu a lua, lançando sombras no gramado. Uma lágrima da cor dos seus olhos surgiu em suas bochechas, caiu sobre os tufos de cabelos negros que já se enredavam entre os dedos de Arielina. Uma força que vinha do seu coração os envolveu.

9. FELIZ ANIVERSÁRIO EM GUARANI. GRANDE RECANTO DO LITORAL!

– Aipotha rhé byha! Aipotha rhé byha! Con dhe ara o güajevo! Aipotha rhé byha!... Aipotha Palito rhé byha!... Olha aí o "Parabéns pra você" em guarani, o idioma dos deuses e dos índios! Que são deuses também! Aplausos fortes para o nosso querido irmão presidente. Eleito democraticamente! Duplamente forte, então, o aplauso para o Grande Condutor, o Magnífico, o Insuperável, o Irrepreensível! O homem que seus detratores jamais conseguem enlamear. Pois, como bem dizia o General, poderão inventar mil mentiras, mas nunca poderão fazer com que uma só delas se torne realidade. Aplausos fortes para o homem capaz de estender a mão até para os seus mais acérrimos opositores. Pois seu lema é conhecido de todos: não existe política sem amizade! Aplausos fortes para aquele que só pensa na unidade nacional!

Um aniversário muito feliz, Palito, é o que lhe deseja de todo coração o Rincão do Litoral, berço da melhor cumbia!... E, bom, peço um forte aplauso para todos nós... Agora sim, depois deste *intervalo* de política nacional, vamos receber nossa seleta platéia, convidados, penetras e quem mais vier. Pois as grandes noites são para todos, e que noite essa de hoje!... Quinhentos anos completa esta belíssima cidade!... Quinhentos anos não são nada, minha criança... Merecidamente chamada de Rainha do Prata. A cidade do amor. E em vésperas de amor, aproveito para mandar um grande beijo a todos os namorados no seu dia, aqueles que se abraçam numa praça olhando a lua. Sinto o repique cândido desses beijos, as mãos úmidas, as bochechas ardendo, bem aqui pertinho, umas duas quadras, no máximo, na praça da Constituição, aproveitando esse escurinho luminoso que toda noite reserva para o amor. Ou um pouquinho mais distante, no parque Lezama, bairro do tango, da lua e do mistério, perdido nas sombras das árvores centenárias, cúmplices dos caprichos do amor! Eucaliptos, fícus e estátuas de gesso, todos desfrutando da brisa que vem do Bajo. Corações ao alto! A todos, um feliz Dia dos Namorados! E que esta saudação chegue também a "outros" apaixonados, que existem também: os apaixonados pela cidade, pelos cem bairros portenhos, pelos livros, pela poesia, pelo chimarrão, pelo poder e pelo dinheiro... Quantos apaixonados esta noite! Felizes as moitas! E felizes os donos de hotéis! O Rincão do Litoral, verdadeira locomotiva industrial; graças ao seu agito outros ramos sobrevivem, como o da hotelaria e da floricultura! E até mesmo o farmacêutico! Então, viva o Palácio da Cumbia! Quantos intercâmbios já não telefônicos, mas agora por e-mail! Viva, viva mais o quê?, ah, viva a troca de e-mails, então!

"Os tempos mudam, e espero que os meus namorados cibernéticos não trepem via e-mail também. Afinal de contas, o amor não sabe o que é modernidade. No dia do amor, corações ao alto! Viva os namorados, e os amantes, a mulher do vizinho e o marido da outra! E aqueles que acabam de se encontrar, é tudo igual! Que o sangue jovem se faça ouvir!...

"Como eu ia dizendo, estamos todos completando quinhentos anos hoje, argentinos e paraguaios, carcamanos e galegos, brasucas e charruas, rosas e jasmins, quinhentos anos em liberdade e independência. E festejamos nesta casa, como não podia deixar de ser. O Palácio da música, do riso e da alegria. O lar de todos os nossos irmãos paraguaios. E, agora sim, vamos puxar um aplauso entusiasmado para nossas estrelas, nossos convidados e convidadas de luxo... O operoso governador de Tucumán e primo do Presidente, um representante do Grêmio Estudantil da Universidade de La Plata, o monarca sírio Al Jalab-Jalamelá... Vamos continuar aplaudindo, por favor! Saddam e Clinton estão jogando-se migalhas de pão de suas respectivas mesas. O árbitro de futebol mexicano Francisco Codesal, a quem presenteamos com uns óculos; o falso inventor da Aids, o Grande Digitador de los Sorias, Cachito e Cachirula... Mais alto, vamos aplaudir mais alto, não parem! Isidoro Gesbor, as mães da Praça de Maio, as filhas da Praça de Maio, as netas da Praça de Maio, a Praça de Maio! O Ministro do Interior de Santiago de los Caballeros. A romancista do boom e ex-socióloga neurastênica. Muitos aplausos para ela, a senhorita Enriqueta Foguetta! Também Hermegenesia, a simpática porteira de El Palomar! O cadáver da senhora Eva Duarte de Perón, as mãos do General, as pernas da Cucigliuta, Idalina, Justina e Miguelina, as garotas do grupo literário Chucofa (unidas contra o falo), Você Abusou, Humberto Anachuri, Pili, Ricardo Bastillas e sua secretária Cirila Negrillas... Vamos, não parem de aplaudir que a lista continua!... Carlos Gamarra, líbero do Paraguai, Rosa de Longe, Horripilante de Perto, Ricardo Tosse, Benjamim Cospe, Cecilio Aplaude, Suni Castiñeira, Sunilda Villasanti, Suni de la Vega, três rainhas paraguaias!, Miss Tapa-sexo, Miss San Bernardino, Miss Calcinha Veloz... O inventor das fraldas descartáveis, o fundador de San Juan de la Maguana, Luís Comprimidos, prefeito de Escobar, os gêmeos Silvestre e Selvagem, os irmãos Cecilio Pior e Epifânio Impossível, Estrela Rapaz, Delfino e Vanna Cuchitril, a família Coto, a família Vega... Enfim, toda a família argentina!..."

10. NO MICROÔNIBUS, RUMO AO RECANTO DO LITORAL: LINDA FLORESCÊNCIA FEMINISTA!

Disse a Bomba: "Como é que você foi me contratar este bando de pés-de-cana irresponsáveis? Isso só prova o quanto você gosta de mim, seu falso. Já vou logo avisando, Frasquito. Com esses bebuns do Hippie Irado eu não subo ao palco." "O que é que você está dizendo, meu amor? Como não vai subir no palco, minha vida? Deixa de onda, minha flor! Esses garotos são o máximo!", dizia Frasquito no interior do microônibus a caminho do show, tentando convencer a esposa. "O máximo dos bêbados da área, só se for isso o que você quer dizer. Não subo e está acabado. Você só faz isso para me fazer passar ridículo na frente do meu público, conheço muito bem essa sua carinha de sonso", retrucou a Bomba. "Como você me diz uma coisa dessas, minha formosura, assim me parte o coração! Você sabe que gosto de você mais do que da minha própria mãe." "Sem-vergonha, não invoque o nome de sua mãe, aquela pobre santinha! Que descanse em paz. Vou esclarecer uma coisa, Frasquito, desta vez o tiro saiu pela culatra. Pois vou subir só para provar a profissional que eu sou. Ninguém engana a Bomba Paraguaia, por mais multimilionário que seja! Você vai ver, seu espertinho! Por mais ingênua que eu seja, ninguém faz a Bomba de otária!", resmungava a Bomba Paraguaia, cantora de cumbia, enquanto o ônibus mudava de mão e ela soprava as unhas com uma expressão contrariada. Puxava para baixo a minissaia que lhe subia até a virilha mostrando tudo. "Você pisou na bola comigo, meu filho. Posso engolir sapo, mas não como vidro. Tenho vocação. E subo, é claro que subo. O que você pensou? Que ia me botar medo com esses bebadozinhos e essas neguinhas sebosas? Vou mostrar quem é a Bomba Paraguaia." "Muito bem, minha vida, é assim que se fala. Essa é a minha esposa", respondeu Frasquito todo condescendente.

Em seus assentos, as negras começaram a pular e a dar gritinhos contidos, as mechas de cabelo e os prolongamentos das tranças estavam ficando duros. A hilaridade das centro-americanas embaçava os vidros das janelas ao se darem conta de que esta noite elas iriam dançar com o Abafante. "Vamos debutar! Obrigada, priminho!", e se atiravam agradecidas sobre o primo Henry. "Me soltem, meninas, me larguem, pensam que eu sou algum desses bebuns que comem vocês de graça?" "De graça é a mãe, seu dominicano dos demônios!", gritaram as três em coro, ofendidíssimas. "Meu Deus, como os homens se transformam na Argentina! Pensam que têm o bilau de ouro. Porra, que modo mais feio de esquecer suas origens!", comentou Doricel, a morena-loura, em voz alta para as outras. "É verdade, esquecem que têm mulher e filhos. E se bobear esquecem até da ilha inteira", disse Magela em apoio. "Meu Deus, e as crianças morrendo de fome em Santo Domingo! Mas eles se esquecem até da Virgem de Guadalupe", acrescentou Idalina. "Quanta irresponsabilidade. E zero de sensibilidade! Qual é a culpa das crianças?! Pobres anjinhos!", exclamou uma delas, exibindo uma fileira dupla de dentes grandes e alvíssimos. "E o que acontece é que se acham o máximo só porque dirigem o ônibus de um milionário! Chegam a pensar que é deles! E o dinheiro do milionário também! Isso até ganharem uns pontapés a gente sabe muito bem onde... Aí, depois, vêm choramingar atrás da saia de quem? Diz, dominicano, diz aí pra nós!", as três em coro. "Diz, atrás da saia de quem? De uma dominicana!", continuavam as três negras em coro. "Gente nasce, não se faz! Gente nasce! E você, negro que cheira a macaco, vem agora nos julgar porque damos a perseguida em troca de comida para seus filhos. Negro dos infernos! Vamos deixar o priminho pra lá, meninas."

Àquela eventual florescência feminista veio se juntar a Bomba. "Que barbaridade, meu Deus! Todos os homens são iguais. Pensam que podem calar a boca da gente com sete ou oito milhões. Eu, nem pensar, meninas, essa miséria pra mim não dá para chegar ao fim do mês", dizia enquanto cruzava as pernas e lixava as unhas. E arrematou: "Pra mim é tudo ou nada. No final vou acabar pensando em algum pobre." Mas logo se retratou: "Um zé-ninguém, isso é que não! Afinal de contas, o que é que nós, mulheres, somos para os homens? Uma caixinha aberta, quentinha no inverno, fresquinha no verão. Faça-me o favor, chega de parir grátis!" As negras aplaudiram, concordando. "Têm que nos respeitar." E em seguida, dirigindo-se à sua negra platéia de oprimidas: "Meninas, acordem! Endureçamos o coração, não temos que entregar a perseguida ao primeiro negro que apareça, em nenhuma circunstância", gritou, apertando a calcinha num gesto de fechamento, "mesmo que nos prometam céus e terra, porque o que acontece é que acabamos entregues ao que dita o nosso coração. E depois nem a orelha se salva!"

Vendo para onde a coisa ia indo, Frasquito pôs panos quentes: "Meninas", dirigindo-se às dominicanas, "por favor, vamos mudando de roupa para o espetáculo? Pouca roupa, hein?" Foi aí que a Bomba, subversiva, pulou: "As meninas não vão se trocar coisa nenhuma! A partir de agora nós não recebemos mais ordens de homem algum." As negras a apoiaram com aplausos. "Que é que está acontecendo com vocês, coisas lindas, vai começar aquilo de novo? Meu amor, você sabe que sou caidinho por você. Estamos juntos desde os dezessete anos. Quer mais alguma prova? Toda a minha fortuna está no seu nome, ou não é, belezinha?", tentou emendar Frasquito. "Por favor, meninas, acabem com esse faniquito. Lembrem-se de que estamos trabalhando." "Não estamos trabalhando porra nenhuma, somos exploradas, caralho!

E é você, Frasquito, quem nos explora", disse a Bomba. "Chega!", gritou Frasquito. "Vão indo, vão indo rápido mudar de roupa, que em quinze minutos quero ver todas vocês no palco." "Frasquito, não seja insensível!", gritou a Bomba, e acrescentou: "O que nós queremos é apenas dignidade e respeito." As negras aplaudiram mais ainda. "Desculpem, meninas, com todo o respeito, vocês estão pra entrar naqueles dias", meteu Mil Pilhas a colher. "Nunca imaginei que tivesse casado com um monstro!" As negras acompanharam o diálogo em silêncio. Nesse momento, Henry, aproveitando que o ônibus parou num sinal, disse: "Tiro o cinto, chefe?" As negras caíram-lhe em cima, indignadas. Frasquito respondeu, piscando um olho para ele: "Mas não, Henrizinho, não se bate em mulher. Temos que tratá-las como a rosas. Você não sabe que elas são as flores da vida? O que seria do mundo sem as mulheres?" Henry olhou meio desconfiado para Frasquito, que o pegou pelo braço e o puxou de lado. "Isso não acaba mais. No próximo sinal, você desce e compra quatro buquês de flores. Os maiores e mais espalhafatosos que puder. E uma caixa de bombons na primeira padaria. Assim a gente acaba de uma vez com essa história." Henry retornou ao volante. Meia quadra adiante, encostou o ônibus e desceu correndo. "Aonde vai o nosso primo?", perguntaram as dominicanas. "Parece que ele viu um amigo de Santo Domingo aí na rua", desculpou-se Frasquito por ele. "Desceu para cumprimentá-lo, mas volta logo. Vocês também, né?! Não sejam tão impacientes!" A Bomba suspeitou: "Frasquito, o que você está armando? Olha que eu conheço você muito bem, seu cara-de-pau", e bateu com o pé três vezes no piso do ônibus. "Não é nada, minha vida. O que eu poderia estar armando?" Logo o negro está de volta, escondido atrás de quatro enormes buquês de flores. "Isto é para as rainhas de nossas vidas", disse Frasquito. Henry tirou também de uma bolsa de nylon quatro caixas de bombons e entregou uma para cada. "Que gracinha que você é, priminho!", disseram as negras. "Faça-se a paz", pediu Frasquito.

Distantes desse incidente, nos assentos traseiros do segundo andar do ônibus, os integrantes do Hippie seguiam vomitando sem parar. O Grande Digitador tomava intimidades com a Bomba, que, fazia menos de meio segundo, acabara de discutir com o marido e já dava em cima de outro, tirando o top e manipulando-lhe o ganso. De imediato receberam uma ordem de Frasquito: "Acordem de qualquer maneira o cantor e o Abafante, que são os que aparecem mais." O Digitador levantou as calças e esquecendo de limpar o batom do passarinho (lápis-lazúli do amor!) respondeu: "Como é que eu vou acabar com essa ressaca?" "Leve-os para o banheiro, ponha a cabeça deles no vaso, dê a descarga e não os solte. Isso vai fazer o álcool descer-lhes da cabeça." O Grande Digitador pegou-a pela mão, e os dois correram para o fundo do microônibus, onde estavam estirados os músicos. O Hippie Irado dormia placidamente, com exceção de Mil Pilhas, que viajava com a cabeça para fora da janela. O Grande Digitador o agarrou pelos cabelos e enfiou-lhe a cabeça no vaso. Mil Pilhas vomitou em sua calça. No afã de se safar do vômito, acertou uma cotovelada no baixista, que acordou pedindo: "Garçom, outro uísque, por favor." Fazendo eco ao pedido, Mil Pilhas também lhe vomitou na cara e o baixista voltou a dormir. Com o susto também despertou Dominó Carcajón, o tecladista, ordenando ao Grande Digitador: "Depressa, mocinho, uma sangria com Coca-Cola, uma piña colada e um uíscão on the roblers. Que é que está me olhando, cara? O que está fazendo aí, abraçado com o Mil Pilhas? Vocês se amam? Estão namorando? Acho um barato, cara, mas deixem para continuar o namoro depois de me trazer as bebidas que pedi", disse, estirando-se sobre os assentos do chevalier remodelado.

Cucurto acordou de um salto, batendo com a cabeça no teto de acrílico. "Lápis e papel, Frasquito! Depressa, que vou escrever uma canção!", pediu desesperado, doidão e nu. Só então se deu conta da presença feminina. "Belezura, coisa linda, vem cá, me dá um beijinho, meu jasminzinho", ele disse, partindo para cima, esticando o beiço na direção dela. A Bomba o afastou com um empurrão: "Ai, como vocês são atrevidos! Vá se vestir, seu degenerado! Não sabem como tratar uma dama." "Deixe disso, sua piranhuda, não se faça de difícil. Vá, deita aí que eu vou aliviar essa sua boceta." "Ai, me solta, você está cheirando a álcool que tá danado!", disse, ajeitando o top. Injuriados com a rejeição, os Hippie soltaram também um vendaval de insultos machistas: "Não vem dando uma de Madre Teresa, que você já foi mais empurrada do que catraca de metrô! Está mais rodada do que o tango 'La Cumparsita'! Não banca a frígida, que você dá mais caldo que laranja madura. Sai daí, com esses pés-de-galinha, esses joelhinhos de canário! Não pense que é tudo isso, que você é mais feia do que castelo mal-assombrado, do que garçonete de trem fantasma." Suni começou a chorar, diante de tantos impropérios. O Grande Digitador, enfurecido, sem acreditar no que estava acontecendo, gritou com eles: "Peçam já desculpas à senhora, seus mal-educados!" Os Hippie recomeçaram, só que dessa vez ao contrário. Passaram do insulto à gozação: "Não seja exagerada... Você é tão doce... Não chore, que nos faz sentir culpados!" "Não! Vocês disseram que eu sou horrorosa, que tenho pés-de-galinha." Os Hippie procuraram convencê-la de sua beleza: "Não diga tolices, você não tem nem uma ruguinha no rosto. Nem se notam as suas plásticas, e seus seios são fantásticos. Fora um rabo que daria para alimentar um batalhão!" "Ai, é verdade o que vocês estão me dizendo, rapazes? Não estão encarnando em mim, não é? Faz 35 dias que estou nessa dieta da lua, um baita sacrifício! E já não agüento mais!" "Se você quiser, podemos lhe passar a dieta do leite do pau bêbado, você conhece?", disse Mil Pilhas jogando-se no chão de tanto rir. "Ai, não se pode falar a sério com vocês, que levam tudo para a sacanagem", disse Suni esboçando um sorrisinho. "E essa cor linda de mate, de morena da praia, que beleza!" "Mas é natural, nem uma gotinha de sol, viu? Se eu pegar sol, fico parecendo um carvão. Que se há de fazer? A cor é que nem o sabor, se herda", ela falou em meio a um mar de gargalhadas. Os Hippie deram rédea solta aos galanteios: "Isso é que é mulher, o resto é tudo xerox!" "Vamos brincar de alfândega, eu chego e você me dá uma geral!" "Como eu queria ser um beija-flor e você um cravo, para chupar o botão da sua boca!" "Eu sonhei que você era uma pipa e eu o vento; e eu montava, e montava em você!" Os Hippie eram uma verdadeira máquina de bobagens. "Nós falamos aquilo de inveja, porque nunca vamos ter uma gata como você ao nosso lado. Porque somos uns bêbados, feiosos, machistas, e batemos nas mulheres. Mas você, Suni, você nos faz mudar, faz com que vejamos as coisas de outro modo. Nós amamos você!", gritaram os Hippie em coro e caíram num choro inexplicável. Suni, sentindo-se culpada pela situação, tentou remediar a situação: "Ai, o que eu fui fazer? Parti o coração desses rapazes. Não exagerem, meninos, eu também gosto de vocês, e, para demonstrar-lhes todo o meu carinho, vou dar um beijinho em cada um, e, se quiserem, podem tocar nas minhas partes sensíveis, mas só um pouquinho, tá?", e se colocou no meio dos quatro, empinando a bunda e botando os peitos para fora. "Obrigado, Mamãe Suni!", gritaram, já recuperados, inimputáveis. "Mas antes vão me prometer que não vão mais chorar, não quero ver lágrimas." "É claro que prometemos, mamãezona!" A cena dera uma virada brusca; os papéis se inverteram diante do espanto do Grande Digitador, que passou de vítima a réu. "Você é que é o culpado, por nos dizer que a Bomba era uma tremenda piranha", os Hippie o mandaram para a frente do ônibus. "Você, Digitador, minha vida, você disse isso para eles?! Ai, acho que vou desmaiar."

11. AS COISAS A QUE NOS OBRIGA O AMOR (CONTINUAMOS NESSE ÔNIBUS, QUE NUNCA CHEGA)

Pediu Frasquito: "Lápis e papel, depressa, que o Abafante está para compor uma canção!" E em seguida: "Querem por favor fazer silêncio, não estão vendo que tem um gênio trabalhando?" O Grande Digitador atendeu pressuroso, fugindo da zona hippesca e exibindo um bloco de folhas de papel em pleno corredor. "Folhas de papel, folhas de papel para o Grande Cucurtinho querido!" Na pressa, tropeçou no Dominó Carcajón, esparramado num assento. Caiu sobre Mil Pilhas, que, com o peso, tornou a vomitar na cara do tecladista, que jazia a seu lado. O tecladista, por sua vez, agradeceu exacerbando seu discurso: "Obrigado, garçom, que rapidez! Minha sangria era sem cereja, rapaz. Venha aqui, seu mal-educado. Aonde vocês vão? Ao banheiro? Homossexuais!", dizia ao ver o Grande Digitador arrastando Cucurto pelos cabelos até o banheiro. O Grande Cucu só queria saber de desfolhar o bloco como a uma margarida, recitando a típica quadrinha dos namorados, "bem me quer, mal me quer, bem me quer..." E escrevia por cima, um fenômeno! Levado agora contra a vontade ao banheiro, bochechava com a água do vaso sanitário fazendo glug glug glug no meio das poças. "Arielina, alma minha, onde você está? Meu grãozinho de milho, minha pipoquinha. Para onde essa gente má e invejosa que nos rodeia levou você? Não se preocupe, meu pudinzinho, vou lutar até o último segundo da minha vida... Sem você não sou nada, sem você eu morro, minha flor...", delirava o Abafante enquanto todos brigavam para enfiar a cabeça no vaso pensando que se tratava de uma jarra de sangria. "Parem com isso, fiquem quietos que o banheiro é pequeno. Não se apóiem no vaso, seus veadinhos!" Diante da indiferença generalizada, o Grande Digitador começou a distribuir joelhadas e cotoveladas para todos os lados. Logo seus joelhos e cotovelos ficaram inchados de tanto bater. No glamour da confusão, Mil Pilhas perdeu os dentes, que caíram no vaso, e Cucurto os engoliu num sorvo. "Bêbados de merda!", bramiu o Digitador, exausto de lidar com aqueles pés-de-cana e descendo até a cabine do motorista. "Estacione no parque, debaixo daquelas árvores", falou para Henry. "O que é que há?" "Não podemos seguir viagem com esses beberrões assim. Vamos dar-lhes dez minutos de descanso."

O microônibus parou a umas duas quadras das barreiras que a polícia havia instalado para conter os espectadores. O sinal vermelho. Os troncos das árvores pintados de azul-claro e branco e os galhos decorados com guirlandas e luzes coloridas. Os néons do Recanto do Litoral se acendiam e apagavam, fazendo estranhas combinações. Os fãs do Hippie Irado misturavam-se aos clientes das lojas de eletrodomésticos. E as mulheres da vida paravam ao lado das vitrines das lojas de material esportivo fazendo promoções grandiloqüentes como eventuais vendedoras de calçados e roupas esportivas. O bairro portenho da Constituição revelava a sua vitalidade singular. Vendedores de cachorro-quente, sorvete e amendoim doce amontoavam-se nas esquinas, literalmente imprensados pelas multidões que desciam dos ônibus e corriam para pegar o trem. O destino de milhares de pessoas é algum lugar inóspito nos subúrbios da cidade, uma rua de terra, dois ou três filhos imundos brincando no chão, uma conta de gás ou de luz não paga junto ao prato de comida fria, alguém que de vez em quando ajuda a acertar o relógio para a manhã seguinte. E tudo recomeça! Um carro preto passa em grande velocidade e arremessa um tijolo na vitrine de um restaurante self-service chinês. Uma garçonete chinesa sai com um pano de prato na mão, xingando num idioma ininteligível. Frasquito abre as janelas, o cheiro do bairro invade o ônibus em fortes lufadas. A vitalidade do ar desperta Cucurto, que se sente como novo. Frasquito ajuda-o a se vestir, calça-lhe as botas de pele de cobra, uma camisa de seda branca com coraçõezinhos vermelhos e uma calça preta imitando veludo. Com um borrifador Sultán, ele passa perfume nos cabelos, no rosto, no peito. E, quando o Grande Digitador vê que o Abafante está recuperado, diz a Henry: "Não percamos mais tempo. Depressa para o Litoral!"

O horripilante microônibus de Los Palmeras ziguezagueou fazendo esses no asfalto macio. "Segure-se aí, Recanto do Litoral, que lá vamos nós! Vivos ou mortos!" "Façam um V com os dedos e o mostrem rápido pelas janelas", ordenou Henry enquanto o ônibus galgava o caminho, passando pelas varandas dos primeiros andares, toldos de quiosques e bicicletas amarradas no tronco das árvores. "Viva Perón, viva Evita, Viva o Che!" "Viva nós!" "Grande República!" "Por esse grande argentino... que soube conquistar..." "Falta muito para o Lito?", perguntou Cucurto, recompondo-se, "que eu não estou mais agüentando vocês!" "Canta, ô chato!", responderam-lhe. "Estamos a três quadras!" "Vocêêêê é o primeiro trabalhador." "Cantem, cacete! Mais forte, que ninguém está ouvindo!" "Quem não pular é um galinha!" "Quem não pular é argentino!..." "Os princípios sociais... que o General estabeleceu..." A energia dos negros era contagiante, pois à medida que o ônibus se aproximava todo o mundo que o via passar cantava "a marchinha" e aplaudia. Logo o bairro inteiro cantava junto com o ônibus. O vozerio do bairro era ouvido em outros bairros, que também se juntavam ao canto, e assim até atravessar as províncias, e em segundos já era uma nação inteira e os países vizinhos cantando a "marchinha" desafinada enquanto o ônibus descia a rua destruindo os automóveis e as motos. Dirigia-se ao seu destino iminente, com milhares de dedos em V flamejando em suas janelas. Aguardava-o a maior festa do novo século. "Uiuiuiuiuiuiui! Karaí tuyá coli... guilillilííí!"

12. VIVA, VIVA O RECANTO DO LITORAL!... TOIKOVE, TOIKOVE KO POLKA PARAGUAYA ROGA GUASU!...

– E nesta noite inesquecível na vida de todos nós... noite que compartilhamos com a mais sagrada admiração... Quinhentos anos! Pobres e ricos, argentinos e paraguaios, coreanos e dominicanos. Italianos e galegos, turcos e árabes, todos nós fazemos quinhentos anos! O Recanto do Litoral, palácio da cumbia paraguaia, casa de todos vocês, não poderia ficar fora dessa festa!... Por isso contratou a estrela mais cara do mundo para cantar esta noite. Estou falando do maior músico de língua castelhana, é! Es-pe-ci-al-men-te... vindo da República Dominicana!... A ilha da música mundial! Com sua orquestra especial de engolidoras de espadas! Como ele próprio carinhosamente as definiu!... E, como toda estrela se faz esperar, aqui estamos à espera dele... do nosso ídolo... O Majestoso! O Insuperável! O mais Premiado! O moreno mais bonito do Caribe! O Magnífico Abafante da Cumbia, Washington Cucurto!... Num instantinho ele estará aqui no palco... Agora, se me permitem, enquanto aguardamos o Rei, vou me permitir uma licença poética e falar com o meu público no mais lindo idioma do continente: o guarani.

"Hatā jajepopete ñane irûnguéra Villarrikaguápe. Hatã avei itakuruvi de la Cordilleragui oúvape g̃uara. Hatākena jajepopete mitākuñakuéra Encarnación guápe. Aplausos para nossos irmãos de Villarrica! Aplausos também para os de Itacurubí de la Cordillera! Muitas palmas para as garotas de Encarnacena!... Toikove Paraguay! Ápe avei oĩ umi mitākuñaporã Reina Arapoty Itacurubipegua. Ñane maitei ka'a cupégui oúva pe g̃uara, ogueruva ñande poyvi porā Pytā, morotiha hovy! VIVA O PARAGUAI! E aqui estão também as belezuras eleitas rainhas da primavera de Itacurubí... Saudações ao pessoal de Caacupé, que veio com bandeira e tudo! Vermelho, branco e azul!... Tupāsy ka'akupe oiméne piko che añete paraguayo? Mba'ere ne maba'e porāite chendive ka'aguy itacurubí? Ai, minha Virgenzinha do Socorro, eu mereço este dom de ter nascido paraguaio? Por que foste tão generosa comigo, natureza do monte itacurubiense? Em Itacurubí, entre polcas e cumbias, e dançarinas de flamenco, eu quero nascer, e aqui quero morrer!

"Muito boas-vindas aos nossos irmãos caacupenhos, garotos travessos e reis da dança, levantando a poeira das pistas! Che rayhúta ko pyharépe Adela, che rayhúta Clementina, ame'ẽta chéve ikoraso Clementina ha Antonia, ha pe'hẽ asýva Ramona? Me diz, cigana da estrada, Adela vai me querer esta noite? E Clementina? Vai me querer esta noite? Antonia se apaixonará por mim? E a doce e próspera Ramona? E a minha vizinha doce, terna e carinhosa, com todas as suas irmãs casamenteiras, falo da gringa, Cilícia?

"Lindo Paraguai, cintura do mundo, terra da erva-mate e do pau bêbado!... Aplausos para a torcida do Cerro! Avante, equipe dos Olimpistas! Ne porã Paraguay arapy ku'a, yvy henyhẽva ka'a ha yuyra ka'úgui! Hatã umi Cérrova guive. Yvate umi Olimpia pegua! Tetã terere renda! Mbarete, py'a guasu oguerekóva!

"País do tereré! Força, valor e garra dos cerristas, alegres e incontíveis aplausos. Não ouço a torcida do Olímpia. Viva os torcedores do Cordilheirano. Palmas para os torcedores do Cerro! Lindo e generoso público buchangueiro. Toikove, toikove ko polka paraguaya róga guasu!!! Ânimo para cima em apoio à vermelha-e-branca; vermelha-e-branca, levo você no meu coração, vermelha-e-branca, dou força aonde quer que você vá. Pytã moroti ndive avy'ave ha ovy'a che korasõ. Pegueru chéve ambue kauy, ha ambue, ambue!... Com a vermelha-e-branca eu sou feliz, com a vermelha-e-branca meu coração se alegra. Mais uma cerveja, mais uma cerveja, mais uma cerveja!!! Viva, viva o Recanto do Litoral!... Toikove, toikove ko polka paraguaya róga guasu!!! Viva, viva o Palácio da Cumbia Paraguaia!..."

13. O ABAFANTE SOBE AO PALCO, O PAÍS INTEIRO SE SENTE ABAFADO

Quando finalmente chegaram ao Litoral, o país inteiro já estava na gandaia, soltando a franga, pondo pra quebrar, como se diz. Faltava pouco para a cidade completar quinhentos anos. Tudo era festa, dança, álcool, sexo, alegria. A República Revolução Produtiva do Disparate ia-se apagando lentamente, como uma estrela fugaz. Dentro de muito pouco, não restaria nada. O Grande Abafante da Cumbia dera um show de três horas no palco do formidável Recanto do Litoral, ainda sob a influência do álcool. Agora ele se dispunha a cantar seu maior sucesso, "Se pirulitava", que vendera mais de seis milhões de cópias em toda a América Latina. Tinha tirado a camisa e jogado para a platéia, e a todo instante queria tirar as calças. Frasquito, atrás do palco, tentava demovê-lo com esporros fenomenais. "O que é que você está fazendo, seu estúpido? Quer que todo o mundo vá preso? Se você desrespeitar a lei, vai voltar para a Dominicana de charrete!"

"Se pirulitava", o carro-chefe do seu último álbum, era um extraordinário gerador de todo tipo de propostas e promessas, desde as mais insólitas e descabidas até as mais ternas, cheias de amor sublimado, acompanhadas de febris bombardeios de calcinhas e sutiãs, ursinhos de pelúcia, fotos... Rapidamente o palco parecia uma feira americana de lingerie. Imperturbável, do alto de seus dois metros de altura, o negro azeviche, o "Elvis negro", como a imprensa local o havia apelidado, cantava e fazia suspirar milhares de coraçõezinhos de quinze anos. Mexia a pélvis num ritmo vertiginoso, dava saltos enormes e caía de joelhos no palco de braços abertos e olhando para o céu. Agarrava o microfone com os dedos decorados com rubis, safiras e anéis de ouro. Apesar de tudo isso, as unhas queimadas e deformadas pela cal quente denunciavam sua origem humilde de peão de obra.

14. UMA BAIXARIA: SEQÜESTRARAM O PRESIDENTE DE TODOS OS ARGENTINOS

Os dois negros do Cibao, Hambrocito Gómez e Genesiano Ruiz, eram mais conhecidos no mundo da vadiagem e da construção como Fome e Vontade de Comer, pois precisavam aliar ambos os ofícios para inteirar uma grana razoável. Eram tão magros que não havia número de calça que lhes servisse na cintura, e quando andavam por San Juan de Maguana davam pena e fome. Apesar de tanta penúria, aqui eles iam dando uma de machões, de torcedores barras-pesadas, de matadores de aluguel por quaisquer dois mil-réis; e nessa acabaram contratados por Frasquito para seqüestrar o Presidente. Com tal intenção, os dois entraram no Palácio da Cumbia por uma porta de emergência; Vontade passou uma cantada numas garotas que iam e vinham sem parar pelos corredores com pranchetas e papéis nas mãos. Do corredor se via o salão de festas e o estúdio central. Quando iam entrar, um cara os deteve. Vontade se antecipou e, antes que ele perguntasse qualquer coisa, disse, acentuando bem o sotaque centro-americano: "Escute, cavalheiro, nós somos representantes do Abafante da Cumbia, que vai cantar hoje especialmente para a entrega dos Cachitos Vega de Oro. Saberia onde podemos encontrar o diretor?" O segurança caiu como um passarinho: "Não sei nada. O melhor é vocês entrarem e perguntarem por aí." O Fome seguiu e parou no meio do estúdio. Viu uns sujeitos passando uns cabos; as câmeras estavam ligadas, mas em ponto morto.

Os bandidos vêem um grupo de dançarinas saindo e começam a abrir as portas dos outros camarins, mas todos já estão no palco. No final do corredor encontram uma porta semi-aberta: "Maquiadora". Eles entram e vêem um monte de gente trabalhando; uma grande parede envidraçada faz as vezes de espelho geral. Garotas correm de um lado para o outro atrás de coisas; há gritos, sussurros, insultos breves...

– Esta canção eu compus agora, quando vinha aqui para o Recanto, no banco do ônibus. Eu a fiz a pedidos do meu coração... insistentes... É para a mulher que conheci faz umas horas e pela qual estou perdidamente apaixonado... Este tema é para você, Arielina, não sei se voltarei a vê-la, não sei onde você estará, nem sei se está me assistindo agora, se não está aqui bem perto e tudo não passou de um sonho... Daqui dessa estrela, eu lhe dedico o meu amor. Ah, e quero também oferecer algo, uma pequena retribuição, vou dar uma recompensa de cem mil milhões de pesos dominicanos, a metade da minha fortuna, a quem me ajudar a encontrá-la.

Em seguida pediu a colaboração de Mil Pilhas e cantaram em dueto, abraçados e acocorados como dois periquitinhos, “Arielina, alma minha”. O Palácio da Cumbia parecia um Odeão. A loucura do público transbordava. O palco era um funil em que as pessoas despejavam toda a sua energia. As luzes incidiam sobre o rosto dos músicos, dando-lhes um aspecto simiesco e ao mesmo tempo fulgurante.

Quando terminou a música, ouviu-se um “uhhh!” prolongado e imediatamente o sabor dos aplausos, gritos, frases soltas. O Abafante abraçou seu parceiro de luxo, pequeno e magro, empalidecido pelo calor do abraço. Mil Pilhas disfarçou bem o sufoco, com um movimento de braços. Só queria um uísque.

O show era um verdadeiro êxito. As negras sacudiam-se à vontade. As pessoas as aplaudiam... “Bota as neguinhas na frente!” O mestre-de-cerimônias, o paraguaio Reinaldo Pitogüe, aproximou-se dos músicos aplaudindo. “Muitos aplausos, irmãos paraguaios! Para os dois músicos mais importantes da América Latina, que nos proporcionaram um espetáculo inesquecível. Estou emocionado até as lágrimas! Que noite, meu Deus! Feliz aniversário, cidade. Quinhentos anos não são nada! E isso não termina aqui, tem mais, muito, muito mais, maravilhoso público paraguaio. Este é só o começo das muitas festividades e atrações que teremos hoje. Em homenagem à Rainha do Prata, minha Buenos Aires linda e querida! O Palácio cumpre o que prometeu ao seu público: trazer, num esforço de produção sem precedentes no mundo da cumbia, as estrelas maiores da cumbia universal. E agora vamos conversar com esses dois monstros: o senhor Cucurto, o senhor Mil Pilhas, obrigado a vocês, muitíssimo obrigado por terem proporcionado essa alegria inaudita a todos nós, paraguaios e argentinos!" O Abafante, bastante cansado, bastante excitado pelo show, com Mil Pilhas grudado em sua cintura, passou a mão no rosto e disse: "Obrigado a todos por terem vindo... por me permitirem tocar pela primeira vez em Buenos Aires... e na América do Sul... Obrigado também por terem me convidado para essa festa divina e inesquecível, o aniversário da mais bela cidade do mundo! E, acima de tudo, tenho que agradecer a esta belíssima platéia paraguaia, pô, que sorte a sua, Reinaldo! As paraguaias são estupendas!..." "Enquanto nos trazem um copo d'água, vamos continuar conversando com nossos ídolos", Pitogüe direcionava o diálogo. "Tiveram tempo de conhecer a cidade?" "Para falar a verdade, muito pouco", interveio Mil Pilhas sem largar a cintura do companheiro. "Buenos Aires é muito bonita", acrescentou. "Nota-se muita segurança, nada de atentados, alarmes de bombas, seqüestros e assassinatos em série." Ele mal acabava de falar quando viu à sua frente uma bela senhorita de peitos grandes, com uma camiseta justa e a inscrição "Villahermosa, pureza para toda a família". A moça lhe estendeu um copo d'água mineral. Mil Pilhas ficou amarelo de repente e caiu de boca no chão. Ouviu-se um "ohhh!" assustado de parte da platéia.

O Abafante saiu arrastando Mil Pilhas pelos pés até tirá-lo do palco. O mestre-de-cerimônias paraguaio usava todos os seus recursos para reverter a situação. Frasquito mandou dois palhaços e três macaquinhos de bicicleta: "Para distrair a massa", ordenou.

15. EU É QUE SOU TUCUMANO, EU É QUE SOU TUCUMANO! SOU?

Devido à agitação do trabalho ninguém percebe a presença dos visitantes, nem mesmo as três dançarinas que se despem e vão para o chuveiro. Nesse momento alguém grita lá de fora: "Dois minutos e estamos no ar." E no instante seguinte: "Estamos no ar."

Silêncio! Num canto do camarim, o Fome observa Palito e a diva Enriqueta Foguetta sentados. Uma maquiadora dá-lhe os últimos retoques. O negro se aproxima de Palito: "O senhor é o Palito?" "Sou", diz Palito, "com quem tenho o prazer de falaarr...?" "Não me venha com gracinhas", disse o negro levantando-o da cadeira pelos cabelos. "Parece que o Presi se despenteou", alerta o Vontade no exato instante em que a senhora Enriqueta se joga em cima dele marcando-lhe o rosto com dez unhas de ouro. "Velha malcomida, me larga que eu não sou de borracha", ele grita para ela. O Fome arrasta Palito por todo o camarim, dá-lhe umas boas porradas para acalmá-lo um pouco, vira-se para a maquiadora e lhe diz: "Meu bombonzinho, me dá um beijinho de boa sorte que o programa está para começar?"

Fome atravessa o estúdio com Palito como pano de chão abrindo passagem a porrada bem diante das câmeras. Vinte e cinco milhões de pessoas estão assistindo. Vontade vem logo atrás, pelejando com a diva nas costas. Aprontam um tremendo escândalo. Um bailarino do elenco desfere seu melhor soco na boca de um dos dominicanos, que nem se mexe. Recebe de troco uma cacetada nos rins e, quando ia caindo, um chute na cara. Esse não dança mais!

No calor da briga, envolvem-se técnicos, câmeras, outros bailarinos, cabo-men...; arma-se uma carnificina infernal, em que os dominicanos levam a melhor. "Aqui ninguém sabe brigar, cara!" Porrada vai, porrada vem, um cortezinho na boca, um cortezinho nos olhos, pum, pum, pum, e meio país se indignava.

Em que trapalhada tinha se metido Frasquito ao contratar dois trapalhões que não têm a menor discrição para seqüestrar alguém, e são capazes de qualquer coisa para aparecer na televisão! Até onde vai o egocentrismo dominicano!

Cada porrada, cada rasteira, cada cadeira voando ferrava ainda mais Frasquito, que assistia a tudo aquilo sem conseguir acreditar no que os negros agitavam, no ônibus de Los Palmeras, levando o senhor Cucurto para o Recanto do Litoral.

Vândalos vão se chegando, mais um, mais outro, até que está armada uma confusão fenomenal de gente brigando. No rebuliço, um ladrão começa a roubar carteiras, relógios, jóias, o que lhe aparece pela frente...

Agora a diva monta em um, que não consegue ver quem é. Tudo é sangue, selvageria, dor, porradas, cacetadas, e pum, pum, pum, quebradeiras de ossos.

Vontade fica dando voltas no mesmo lugar, começa a suar exageradamente e fica vermelho como uma mortadela. "Arre, arre, cavalinho Halley!", diz-lhe a diva encarapitada às suas costas.

Atrás do estúdio, nas tribunas e nas pistas de dança, as pessoas se enraivecem e começam a cercar os brigões. A temperatura sobe abruptamente. Todo o Palácio da Cumbia esquenta. A diva começa a suar, derretem-se pouco a pouco as três camadas de sua maquiagem. Uma espessa substância viscosa começa a deslizar por suas bochechas sobre o cabelo pixaim do negro que roda, e a diva fica frente a frente com ele. Para não ir de boca no chão, ela agarra-lhe os ovos.

Nesse instante, um fotógrafo faz clique! A foto sairia em todos os jornais do país. A diva Foguetta dançando a dança da banana com um formidável mulato dominicano! Extra! Romance à vista! A banana-da-terra do negro bate à porta da diva! Não obstante, o negro continua às voltas com a diva. Vontade pelejando com cinqüenta anos de televisão argentina, em carne e osso! Vontade, a fome já vem chegando. Fome, que vontade de comer.

No outro extremo do estúdio, Fome corre atrás de Palito: "Venha, lute, não seja cagão! Medroso, não aprendeu com Roca! Você não merece ser tucumano! Olha como abandona a sua província! Os portenhos vão sacanear vocês o resto da vida! Vão ser o faz-me-rir das províncias! Até os santiaguenhos vão tirar onda com vocês!" Frasquito, no microônibus, morde a lapela do paletó. "Solta ele, imbecil! Você está esculhambando o país inteiro! Vaza daí, negro!", ele grita colado à tela da tevê. Mas o Fome, a muitas quadras de distância (no bairro da Constituição, onde se localizava a casa de espetáculos Recanto do Litoral, transformada esta noite em estúdio de televisão), está cego, e custe o que custar vai levar o Palito, tal como Frasquito lhe ordenara. "Lute, seu veado! Você não é de porra nenhuma! Qualquer dominicano é mais tucumano do que você!" "Eu sou tucumano! Eu sou tucumano! E com muita honra! Eu sou tucumano!" "Você é um merda!" "Eu é que sou tucumano, eu é que sou tucumano! Você não! Você não é tucumano!" Palito cai no choro diante do televisor, que vai interrompendo a transmissão até que só se ouvem umas frases entrecortadas e repetitivas.

– Euuuuuuuu éééééééééééééééé queeeeeeeeee sooooooooouuuuuuuu tucumaaaaaaaannnnnnnooooooooo!!!!!!!!!!. Vocccccêêêêê nãooooo!!!!!!! Euuuuuuuu éééééééééééééééé queeeeeeeeee sooooooooooouuuuuuuuu tucccccuuuuummm-maaannnnooooo, voccêê nãoooooooooooooooooo ooooo! Não, não e nãoooooooooooooooooo. Eu sou-uuuuu, você nãoooooooooooooo!!!!!!!!!!!!!

– Você é?

– Eu sou tucumano.

– Eu é que sou tucumano.

– Eu é que sou tucumano.

– Eu é que sou tucumano.

16. DEPOIS DO BARRACO CUMBIANTEIRO, O ABAFANTE SALVA MIL PILHAS

Atrás do palco, mal se ouvia o barulho. Mil Pilhas jazia pálido no solo. Cucurto lhe aplicava uma respiração boca a boca. Num instante chegaram um médico e duas enfermeiras com instrumentos para medir a pressão, ataduras e soro. Começaram a injetar nele um monte de vacinas: contra o tétano, contra a varíola, a Sabin, a B12, contra o sarampo. Nenhuma fazia efeito, nada conseguia despertar o Mil Pilhas. Frasquito, de saco cheio de tamanha incompetência, empurrou o médico e as enfermeiras e derramou uísque na cara do desmaiado. Mil Pilhas acordou na hora.

– Dá-lhe, bebum, não tem vergonha nessa cara?

– Vergonha é roubar, o que é que eu tive? – respondeu Mil Pilhas.

– Você sofreu uma baixa alcoólica – Cucurto lhe disse.

Mil Pilhas recuperou-se, ainda meio mareado. Chegou perto de Reinaldo Pitogüe e deu-lhe uma tremenda bofetada, que o deixou com a bochecha ardendo.

– Seu irresponsável, como você foi me dar água mineral? Estava tentando me envenenar, é? – e gritou: – Um uísque, garçom, que estou me sentindo fraco!

17. BAIXO-ASTRAL E ALEGRIA ATRÁS DO PALCO APÓS O SHOW

Disse o Abafante da Cumbia: "Não dá mais, minha voz acabou. Nem a pau vou conseguir ir até o fim." E Frasquito: "Temos que encerrar o show, ou então vamos em cana. Vão pensar que somos vigaristas! Ainda mais agora que o Fome e o Vontade levaram o Palito na marra! Vamos entrar em cana, todos nós!" "Mas o que é que nós temos que ver com o seqüestro do Palito?! Isso é coisa sua, Frasquito", respondeu o Abafante. "Agora é de todos", arrematou Frasquito. "Veja se acaba esse negócio como puder, se pretende conservar a liberdade e ganhar uns trocados. Olhe que você acaba ficando sem um tostão e não vai ter nem para a Veloz do Norte." "Faltam umas trinta músicas. Vou ficar mudo na terceira. Com o Mil Pilhas a gente poderia intercalar, cantar uma cada." "O quê? Você pirou? Não teve que tirá-lo do palco agorinha mesmo? Ele é um insano, dependente de uma garrafa de uísque. Mais do que de um microfone, ele precisa é de uma mamadeira. Faz o que você quiser, mas vou logo avisando: subir ao palco com o Mil Pilhas é pular de cabeça num precipício."

O Abafante olhou em torno.

– Tragam depressa o microfone que o Mil Pilhas usou. Amarrem nele um lenço com as cores do Paraguai umedecido com uísque irlandês. Sentindo cheiro do uísque, ele canta até o final.

De imediato irromperam pelos bastidores dois assistentes de produção. "Acabaram de seqüestrar o Presidente." "O Palito? Que estupidez é essa?", gritam as dominicanas. "É verdade, foi seqüestrado por dois negros dominicanos." "Dois negros dominicanos?! Mas como, se o Palito está no outro lado do salão do Litoral, assistindo ao nosso show e participando da entrega dos prêmios?!" "É, é isso mesmo, foi durante a própria entrega dos Cachitos de Oro que ele foi seqüestrado! Não faz dois minutos!"

Todos se entreolharam.

18. OUTRA VEZ NO PALCO

Pitogüe subiu ao palco, desviando-se de vidros quebrados, mesas caídas, impropérios, juras de morte.

"Depois desse pequeno e já resolvido contratempo... Voltem! Irmãs e irmãos paraguaios!" e continuou perorando, "Com vocês a melhor música do momento! Especialmente trazido de Santo Domingo, República Dominicana! O ÚNICO! O INIGUALÁVEL! O MAJESTOSO! O INSUPERÁVEL E IMBATÍVEL! COM TODA A SUA MUSICALIDADE... Após um descanso merecido... para a segunda parte do seu show... Com vocês... o verdadeiramente genial... o maior expoente da música latina...O Aabaaaaa fa aaadooorr da... Cuum...bbbiiaa...!

Cucurto, o Abafante, subiu ao palco (com Mil Pilhas agarrado à sua cintura) jogando beijos e inclinando o corpo em sinal de agradecimento ao público, que não parava de aplaudi-lo. A verdade é que ele estava quase dormindo. Pôs Mil Pilhas sentado junto ao microfone umedecido com uísque irlandês de forte aroma. As cores vermelha, branca e azul brilhavam atadas ao microfone. O Abafante iniciou cantando uma balada porto-riquenha que arrancou suspiros de umas quinhentas mil xotinhas. Mil Pilhas, guiando-se pelo cheiro, fez a segunda voz. O pessoal aplaudia com fervor. Sem dúvida, nesse momento do espetáculo, tinha-se uma mostra da incrível devoção da platéia ao grande artista dominicano. Nem o público dominicano, nem o colombiano, nem a grande quantidade de latinos em Nova York – lugares nos quais Cucurto já havia cantado —, ninguém se empolgava tanto com as músicas dele quanto a platéia argentino-paraguaia. Seria apenas uma questão de pele? Será que don Washington Cucurto sabia tocar no mais fundo dos argentinos? Será que tinha de algum modo uma gotinha de sangue paraguaio? Ou seria algo mais do que uma mera artimanha de Frasquito trazer o Grande Mister Cucurto para cantar por ocasião dos quinhentos anos? Quem saberia qual a verdadeira razão, entre tantas interrogações? Talvez nenhuma; ou todas, quem sabe?

19. PERSEO BENÚA, O AVÔ DE ARIELINA. O MUNDO FICA SABENDO DO SEU ROMANCE

– Arielina! Arielina! – gritou o velho Perseo Benúa, dominicano, dono do Le France-Hotel, na esquina da Rua San Juan com Leandro Alem. Sentado na frente da televisão, fumando um havana, assistia à entrega dos Cachitos Vega de Oro. Gritou de novo: – Arielina, sua paraguaia dos diabos, onde você se meteu?

Na cozinha, enquanto aqueciam as mãos cozinhando um refogado de lentilhas, três dominicanas que trabalhavam como camareiras do hotel se assustaram: "O que é, Don Perseo?" O velho repetiu: "Onde é que se meteu essa paraguaia dos diabos?"

Dos quartos 23, 17 e 8 saíram os dominicanos Vidal Javier e Yordi e as meninas Mariolga e Evelyn. "Arielina!", continuava bradando o velho de cabeça branca. "Estou aqui no chuveiro, don Pérsico! Não se exalte, que sua pressão pode baixar", respondeu finalmente Arielina. "Eu me chamo Perseo, sua diabinha. Per-se-o! Quantas vezes tenho que repetir?"

O salão de refeições do hotel encheu-se de gente. Todos cercaram Perseo, que continuava fumando tranqüilamente seu havana. Arielina veio vindo, penteando os cabelos e com uma toalha amarrada na cintura. "O que o senhor tem, don Pérsico?" "Eu me chamo Perseo, menina malcriada! Vem sentar aqui nos meus joelhos." "Sim, vovozinho", ela obedeceu, intrigada. "Me diga uma coisa, Arielina, minha filha, você acaba de chegar de uma festa, certo?" "Certo, vovô", responde Arielina duplamente intrigada. "Eu estou vendo aqui, nesse aparelho dos demônios, a entrega dos Cachitos Vega de Oro. E estou me dando conta de que esse impostor delinqüente, o Abafante da Cumbia, o tal de Cucurto, que faz essa porcaria de música comercial e anda pelo mundo dizendo que é dominicana, disse que conheceu uma menina de nome Arielina, por quem ele está apaixonado. Me conte a verdade!", disse o velho afagando-lhe o rosto. "Era você?" "É verdade, vovô. Sou eu mesma."

O velho desabou na poltrona. Todos vinham lhe trazer água, e abaná-lo com jornais velhos. "O que é que você fez com ele, Arielina?!", gritaram. "Tragam mais água", gritou Arielina, "acho que a pressão dele baixou." O velho despertou bufando. "Como é possível isso?! Esse impostor, esse espertalhão que não tem respeito pela melhor música do Caribe! Que não respeita Tito Puente, Luis de León, José Alberto, o Canário, Juan Luis Guerra, Apioecito Gómez, e tantos outros grandes da música caribenha, e vai enchendo os bolsos pelo mundo afora fazendo as pessoas acreditar que essa sua música é dominicana. Um tremendo delinqüente, e apaixonado pela minha netinha preferida! Meu Deus, que desgraça!" "Acalme-se, don Pérsico", aconselharam as negras que o rodeavam abanando-o com jornais velhos. "Já falei mil vezes que meu nome é Perseo!", gritou ele, quando as meninas já entravam no seu quarto e saíam com um saxofone. "Toque alguma coisa pra gente, vovozinho", pediram-lhe as negrinhas gêmeas. "Ai, essas garotas me devolvem a vontade de viver", disse Perseo segurando o instrumento. Tocou, e todos foram retornando para seus quartos com a música ao fundo. As mulatinhas adormeceram na barriga do avô. Arielina foi se vestir, mas Perseo tomou-a pela mão e lhe disse: "Se você é feliz, vá em frente. Busque a sua felicidade, minha filha. Faz sessenta anos que eu vim para esta cidade, no cu do mundo. Não tenho de que me queixar: Buenos Aires me deu tudo o que eu tenho. Mas jamais voltei a Santo Domingo. Toda noite sinto saudade dos sons do Caribe. Os argentinos não sabem viver. Não valorizam o que têm, não aprenderam a curtir; os estrangeiros aproveitam muito mais do país do que eles próprios. Passam a vida reclamando e não enxergam o que Deus lhes deu, um país tão rico e abençoado. Espero que você volte, Arielita; lute pelos seus sonhos. Largue esse estafermo, se ele não a fizer feliz. Não vá arruinar a sua vida por uma fantasia." "Calma, vovô, eu nem o conheço direito e nem sei se vou voltar a vê-lo", disse Arielina. "Ah, filhinha, o diabo sabe das coisas porque é diabo, mas sabe mais ainda por ser peronista. E eu estou dizendo que você vai voltar a vê-lo." "Como é que pode saber, vovô?" "Um sujeito que oferece uma fortuna a uma mulher perante milhares de pessoas ou está muito apaixonado, ou é maluco. E esse cara não tem pinta de maluco." Arielina sorriu. "Então está me dizendo que ele está apaixonado por mim? O Grande Cucu, apaixonado por mim? Vovô, está insinuando que eu vou me casar com o maior músico da República Dominicana?! Obrigada, vovô, porque eu também estou cega, estou superapaixonada pelo Cucu desde o instante em que o vi. Meu coração me disse isso. Obrigada, vovozinho, por me aconselhar a fazer sempre o que meu coração mandar. Por isso eu me entreguei completamente tão logo o vi. Não pense que isso me acontece a toda hora..." Arielina se deu conta de que o avô dormia abraçado com as meninas. Ela tirou o saxofone de cima dele e foi guardá-lo no quarto. Nesse momento o telefone tocou. Arielina correu até a mesinha coberta por um paninho de tule florido onde ficava o aparelho.

20. OS NEGROS DO CIBAO, FOME E VONTADE, TENTAM SALVAR A PELE

Depois de se terem queimado diante das câmeras, com Palito preso pelo pescoço e ainda sem ver um puto, Fome e Vontade, já na rua, ligam para a prima Arielina Benúa de um telefone público, próximo ao barzinho dos bêbados do Litoral. "Alô, a senhorita Arielina, por favor." "É ela." "Arielina, somos nós, Vontade e Fome. Ficamos sabendo do seu romance com o Abafante, que está oferecendo uma fortuna à pessoa que encontrar você." "E qual é a de vocês?" "Queremos a grana, garota." "Vocês estão pensando em roubar o dinheiro do Abafante?" "Não queremos roubar nada, ele está oferecendo pela televisão ao primeiro que a encontrar. E, claro, antes que algum outro o faça, preferimos que sejamos nós a encontrá-la!" "É uma vergonha! Minha própria gente tentando me passar a perna, não acredito!" "Não seja exagerada e escandalosa, foi ele que pôs um preço pela sua cabeça, agora deve haver um monte de agências de detetives, caçadores de fortunas, desocupados, desempregados, mães de família, milhares de pessoas atrás de você, e quem achar vai levar você pelos cabelos até o Abafante. Seja mais compreensiva, são dez milhões!..." "Dez milhões? E a minha vontade, não conta?" "Arielina!, não nos deixe nervosos. Você continua a mesma boboca de Itacurubí. Não existe vontade que prevaleça diante de dez milhões. Vamos ver, diz pra nós, o que você, que é tão espertinha e está com grana sobrando, o que você faria se Liza Minelli, lá de cima da Estátua da Liberdade, saísse oferecendo dez milhões a quem encontrasse o Fome, ou seja, o seu irmãozinho? O que você faria? Não ia me entregar direitinho? Ou ia perder dez milhões assim, sem mais nem menos? Percebe que essa é uma oportunidade que só aparece uma vez na vida, e olhe lá?!" "Ah-ah-ah! Liza Minelli?! Não me faça rir... Em vez de ganhar dinheiro nas minhas costas, por que vocês dois não vão trabalhar?" "Em que trabalho nós ganharíamos dez milhões de uma tacada só, quer nos dizer, sua mongolóide? Escute, nós ligamos para salvar você, se sair à rua você está frita. Por favor, Arielina, sua doida, pense na família. O que você quer? Que qualquer um pegue essa grana? Me chama o vovô aí." "Ele está dormindo." "Está vendo como estamos com a razão, sua monga? Esse velho já era! O que você está esperando? Que ele trabalhe até os quinhentos anos? Olhe que esse país está indo pro buraco, nas ruas não se consegue um tostão. E Mariolga e Evelyn precisam estudar, ser alguém. Ou você quer que elas sejam como você, que foi se meter com o primeiro milico que apareceu na sua frente?" "Parem de me ofender. E me deixem em paz." "Está bem, mas deixa a gente passar aí de carro para ver o que fazemos." "E se eu não quiser?" "A gente vai até Itacurubí e conta tudo para a sua família e o seu marido, que está à sua espera no Paraguai. Já pensou?" "Diante disso, não há nada que pensar, não tenho alternativa."

Arielina deixou o telefone cair aos prantos. Olhou em volta e custou a acreditar que tudo continuava tal e qual, que nada quebrava o cotidiano das horas e que a única coisa que havia mudado, para pior, era a vida dela. As meninas continuavam dormindo numa paz que só a infância nos permite desfrutar. Em seus sonhos, don Perseo devia estar cavalgando nas montanhas de San Juan de Maguana, ou molhando os pés num riacho dos muitos que existem na Dominicana... Jovem e ansiosa demais para dar tempo ao próprio destino, ela subiu num impulso até o seu quarto e arrancou do armário a imagem da Virgem de Caacupé. Passou pela sua cabeça, sabe-se lá por quê, o rosto de sua mãe, que ela nunca conheceu. Uma forte lufada de ar quente empurrou com força os vidros da janela, tentando abri-la, como uma mensagem do além, talvez uma mensagem de além-túmulo, para que ela se cuidasse ou para darlhe um destino diferente. Mas a natureza não é ladra nem pode com janelas bem trancadas.

– Ninguém vai ficar rico à minha custa – disse ela. E foi para a rua. A vida deslumbrou-se ao vê-la. Seus cabelos negros ao sol, cheios de vida, eram um autêntico desafio à morte.

21. NO BARZINHO AO LADO DO RECANTO DO LITORAL

Ao ver os primos na televisão, Henry cuspiu no rosto de um desconhecido o resto de cerveja que havia em seu copo. O barzinho vizinho ao Litoral estava cheio de bebuns que assistiam à entrega dos Cachitos Vega de Oro. Aplaudiam as músicas de Cucurto e torciam por Palito, que apanhava do dominicano. Fome aplicava uma tunda furibunda no Presidente. Palito perdia porque estava sendo roubado. Os bêbados começaram a cantar: "Borom, bom, bom, é um roubo, pára com isso!" "Borom, bom, bom, é um roubo, tirem ele daí!" As maçãs do rosto de Palito estavam ficando deformadas. Totalmente à deriva, Vontade também recebia o seu das mãos de Foguetta. A diva o maltratava, a poder de joelhadas e arranhões. A rapaziada do bar começava a se exaltar: "Vai, nego molóide, morde as tetas dela! Mete o cacete nessa coroa! Enfia a porrada nessa cobra cascavel!" Incentivavam igualmente a digna tarefa do mocinho: "Arrebenta esse negro, garotão!" Das palavras passaram aos atos: não tardaram a associar Henry com os negros da televisão. O dominicano, vendo a coisa preta para o seu lado, ficava na dele, diante da superioridade numérica. "Ei, rapaziada, que é isso? Eu não tenho nada a ver com esses negros. Sou uruguaio, torcedor da celeste olímpica", dizia Henry apalpando os bolsos da calça jeans à procura da chave do ônibus que deixara estacionado nas proximidades do Recanto do Litoral, numa ruazinha escura.

Não podia revelar sua condição de nascido em Santo Domingo. "Não sou um rival à altura, por favor", e, olhando para o rapaz do balcão, falou: "Cerveja gelada para todo o mundo. É o uruguaio que está convidando." Ouviram-se uns poucos gritos festivos, mas a maioria continuou fazendo o cerco para linchá-lo. Era evidente que ninguém podia fazer nada contra a influência da televisão. Henry sentiu nas mãos o metal frio das chaves e apertou-o com força. De um só golpe derrubou os três cabras que estavam à sua frente. "Quem bate primeiro bate duas vezes!", gritou na melhor linguagem daquele bando de bêbados. Mas, como em toda a sua vida, o negro tirou onda demais. Um bebum cabeça de paralelepípedo deu-lhe um totozinho no tornozelo e o fez tropeçar, o que foi o bastante para que Henry fosse aos trambolhões quebrar a vidraça e terminasse na rua escutando o toque salvador, a harpa dos anjos, o som da glória, tudo junto. Uma cena inesquecível!

Henry saiu engatinhando uns metros pela rua coberta de vidros quebrados. Viu uma cabine telefônica verde e celeste, de onde saem correndo dois sujeitos tamanho 46 que pisam nele, destruindo-o.

Pela mesma rua, nesse mesmo momento, seus primos fugiam por uma porta lateral do Recanto do Litoral, levando Palito e Foguetta pelos cabelos. Tiveram que pular por cima dele para não pisoteá-lo. Mesmo assim, Palito lhe deu um pisão nos dedos, e Vontade não agüentou mais a diva a cavalinho, e os dois acabaram desabando sobre Henry. Era o cúmulo. Tinha passado um tremendo perrengue graças à má fama deles, e agora vinham em pessoa pisoteá-lo e cobri-lo de sangue. E ainda por cima Foguetta lhe apertava a braguilha.

Enriqueta Foguetta estava com o vestido rasgado e os cabelos em estado lastimável, completamente despenteados. Mas, sem esquecer sua índole, exigiu:

– Soltem-nos, seus ladrõezinhos de merda. Não vão muito longe.

Na rua, com a senhora Foguetta em cima dele, Henry gritou invocado:

– Alto lá! Eu disse alto lá, Fome e Vontade! Vocês ficaram loucos? Que merda é essa de seqüestrar o Palito? E a senhora faria a gentileza de largar a minha piroca?

Os negros se viraram e olharam para o homem que estava no chão, rodeado de vidros quebrados. "Caralho! Priminho, o que você está fazendo aí deitado no chão? Me dá aqui um abraço!" "Seus merdas, que abraço nem meio abraço! O que é que vocês estão fazendo aqui em Buenos Aires?!" "Viemos trabalhar." "Trabalhar? Estou vendo como vocês trabalham! Larguem esse pobre homem e essa senhora. Não sentem vergonha de pôr as mãos nesse pobre fracote? Foi um milagre não lhe terem quebrado algum osso, seus grandões!"

Nos braços de Fome, que lhe apertava o pescoço, Palito se debatia entre a vida e a morte.

– Solta, que você vai acabar sufocando o homem, seu ignorante! – gritou Henry.

22. FUGA DO SHOW: FRASQUITO, MIL PILHAS, AS NEGRAS, O ABAFANTE E OUTROS MAIS DÃO NO PÉ

Frasquito, Mil Pilhas e Cucurto também estavam fugindo. Mil Pilhas esqueceu a letra e começou a xingar e a cuspir na platéia. O lenço voou e ele quis se atirar atrás dele sobre o público. E o Abafante acabara dormindo no palco. Eles tiveram que sair correndo para não ser linchados.

Ao chegarem à rua, caíram em cima de Henry, ferindo-se nos cacos de vidro. Atrás vinham duas negras que, por causa dos saltos, acabaram também tropeçando e caindo por cima de todos. Uma montanha humana cheia de incertezas, ambições e desconfianças erguera-se em plena rua. Os bêbados do bar não podiam acreditar que tal mistura de peles negras estivesse se amontoando bem diante de seu barzinho querido. Soaram os sinos da Igreja da Sagrada Constituição dando meia-noite. A cidade estava fazendo quinhentos anos! Do terraço dos edifícios começaram a espocar milhões de fogos de artifício. Um manto que cobria o Obelisco desatou-se e um foguete saiu voando para rebentar no céu, formando com milhares de chispas a frase "Feliz Aniversário, Buenos Aires". A noite se encheu de cores e cheiros inesperados. O céu do bairro da Constituição estava transparente.

Do alto da montanha humana, Frasquito disse a Henry: "Já é hora, está tudo perdido mesmo. Vamos correr para o ônibus, moreno." "Se saírem de cima de mim, quem sabe?..." "Você sempre tem um problema, sempre arranja uma desculpa. Pra que é que eu pago a você, merda, quer me dizer?" "Saiam de cima de mim, seus mongolóides!", gritou Henry.

Todos se levantaram rapidamente e correram para o ônibus laranja. Subiram pelas janelas. "Feliz aniversário, cidade!", gritou Henry ligando o motor. E pôs as coisas nos seus devidos termos: "Acabou, cansei! Vou mandar tudo pro inferno! Renuncio agora mesmo! E vocês o que estão fazendo em Buenos Aires? Vão acabar na cadeia pro resto da vida, cambada de idiotas!" "Que história é essa de renunciar? Enlouqueceu, é? Relaxa, negro, que você é como se fosse da família! Não me parta o coração! Sabe muito bem que eu gosto de você mais do que de um irmão!" "Soltem-nos, seus ladrõezinhos de merda! Olhem como deixaram Sua Excelência! Isso é um desaforo a todo o povo argentino!" "Estamos trabalhando, Henry! Na República Dominicana nem as bananas-da-terra restaram!" "Todo o mundo se conhece! Você é um traidor, Frasquito! Está me auto-seqüestrando! Não se pode confiar mais nem no pessoal do próprio Partido!" "Añaretá, porá, cara! Desta nós saímos vivos!" "Meus queridos priminhos!" "Vocês me fizeram perder vinte milhões! Vinte milhões! Ai, meu Deus! Eu devia me atirar agora mesmo de cabeça no asfalto! E ainda por cima você me fala em renunciar. Nas horas ruins todo o mundo se borra! E vocês dois, seus inúteis, nem para seqüestrar numa boa vocês servem!" "Ladrão, delinqüente! Mandou me seqüestrar, vigarista! Vou fazer com que o expulsem do Partido!" "Eu posso explicar, Palito." "Não quero ouvi-lo, você é um merda, depositei minha confiança em você e você me fez essa cagada, mandando esses dois trapalhões me seqüestrarem!" "Não seja injusto, Palito." "Injusto? Olha só como está o meu corpo, os sujeitos me moeram a porrada e você ainda diz que eu estou sendo injusto!" "Seus ladrõezinhos de merda, parem o ônibus!" "Não se dirija assim aos nossos primos, velha mal-educada!" "Abram a porta, que eu vou descer aqui mesmo! Quero procurar a minha rainha Arielina! Arielina, meu chumacinho de algodão! Por que está fazendo isso comigo? Vou levar você para a Dominica para a gente se casar! Grito para todo o mundo, aos quatro ventos: Arielina, você é o amor da minha vida, meu coração não bate sem você!"

Apesar do vozerio infernal, o ônibus arrancou deixando para trás os bêbados do barzinho ao lado do Recanto do Litoral. Os pés-de-cana soltaram o Palito e agarraram a Bomba, as negras, o Digitador e não sei mais quem. "Aquele que estava nu não era o Abafante da Cumbia?", perguntaram-se. Que bela maneira de comemorar seus quinhentos anos, hein, cidade? Um aniversário repleto de traições, equívocos, misérias, invejas e amores...

Uns quinze metros adiante, Henry teve que pisar no freio ao ver Pitogüe atravessar na frente do ônibus, perseguido por um bando de fãs cucurtianos enfurecidos. "Reduza, negro, que eu vou com vocês." Cucurto reagiu tarde. Correu para a janela e, peladão como estava, pôs metade do corpo para o lado de fora tentando se atirar. "Parem essa porra agora mesmo. Vou ficar aqui, rapaziada", gritou, fora de si. Mil Pilhas e Frasquito o agarraram pela cintura. "O que há com você? Aonde quer ir?" "Vou embora e ponto final, Frasquito. Vocês me enganaram, arruinaram a minha carreira me trazendo para cantar nesse país de gente metida a besta." "Você quer ir assim mesmo, nu? Tarado, vai acabar sendo preso." "Deixem-me em paz, por favor. Entendam, devo tudo o que sou ao Caribe, à minha linda e doce Dominica, pobre mas quente, simples mas generosa. As pessoas lá deixam de comer para comprar uma entrada para o meu show. A gente lá ouve música para suportar a vida, desde criancinha até a morte. Vou-me embora,

Frasquito; não tenho nada que fazer aqui. Vou atrás do meu amor, deveria tê-lo feito antes de seguir vocês nessas loucuras todas." "Não é possível, Cucurto, nós agora estamos indo para o Paraguai para pegar o nosso, entendeu? Ainda tem muita grana em jogo." "Eu já fiz o que tinha que fazer, subir ao palco e cantar." O Abafante começou a berrar para os outros veículos: "Socorro, estão me seqüestrando! Chamem a polícia! Não estão me reconhecendo? Estou sendo seqüestrado, ajudem-me!", ele gritou para dois jovens que passavam num conversível amarelo. Mas ninguém fazia nada. "Pára com isso, seu babaca", Frasquito dá-lhe um esporro, pondo-se na ponta dos pés, "que bicho mordeu você? Está drogado?" "Vou procurar o meu amor, Arielina, alma minha!..." "Não fique tão empolgado, essa doidivanas já deve estar enrabichada por outro. Cucurto, por favor, parece que você nunca viu uma garota..." "Pára com isso você, seu velhote", intercede Mil Pilhas abrindo a boca e soltando um bafo de uísque capaz até de descascar as paredes. "Deixa o cara, está tudo bem. Ela é paraguaia, e agora estamos indo para lá. Se ele quiser, eu lhe apresento a minha irmã." "Cara, não fica assim que eu não gosto de ver um artista chorar." "Isso, Cucu", disse Henry, "bola pra frente." "Pára de gritar", ordenou Frasquito, "que os seus documentos estão comigo e sem eles você não pode ir a parte alguma. Por aqui você é mais um clandestino. Se abrir a boca, acaba em cana." "Não estou nem aí, eu quero é encontrar a Arielina.

Não estou me importando com a prisão. De que me serve a liberdade sem ela?" "Deixa de babaquice e faz o que estou dizendo." "Vou achá-la, nem que seja a última coisa que eu faça na vida, não dou a mínima para a minha reputação, ou então nunca mais subo num palco. Rompo o contrato, Frasquito. Não posso continuar com uma pessoa que manda seqüestrar o melhor amigo e põe em risco a vida da mulher e de todos por causa de dinheiro. Você quer dinheiro, Frasquito? Eu tenho, é todo seu."

23. CUCURTO ESCAPA DE FRASQUITO E VAI EM BUSCA DO AMOR DE ARIELINA

No meio da discussão, o ônibus ficou preso num engarrafamento. Um grupo de transeuntes se aproximou, atraído pelo calor da discussão. Cucurto aproveitou o ajuntamento para pular pela janela. Caiu nu em plena rua, perto do Obelisco da cidade. Atravessou uma avenida larga com grande imprudência. Os carros freavam de repente para não atropelá-lo. Correu pelado pela rua Lavalle ante os olhares de quem passava. Entrou numa pizzaria onde todos os garçons e clientes eram paraguaios, os quais, ao vê-lo entrar completamente nu, bateram palmas. As pessoas se levantaram das mesas. Cucu não entendeu aquela recepção, mas o país inteiro estava tentando entender o final abrupto do seu show. Ele se dirigiu ao fundo do salão, por onde os garçons saíam com os pratos prontos para servir. Colocou uma espumadeira na cabeça e cobriu-se com um avental de cozinheiro que estava dobrado em cima de uma mesa, junto com toalhas e panos de prato. Empurrou as portas giratórias da cozinha e saiu à rua enfrentando os assovios, os risos e os aplausos de todo o mundo. "Esses babacas", disse a si mesmo, "devem ter me visto na televisão." Correu meia quadra e viu novamente o ônibus de Los Palmeras circulando bem devagar, à sua procura. Na esquina, reconheceu Frasquito interrogando os comerciantes com a foto dele na mão. "Merda", ele disse, preocupado, voltando para o interior da pizzaria. E o relógio marcava três da manhã. O pessoal, ao vê-lo, tornou a aplaudir. Cucu fazia sinais para que se calassem. Ao se virar, esbarrou num pequeno corpo que vinha correndo em sentido contrário. Foi rodando com ele até o meio do salão, e só então abriu os olhos e percebeu que era Arielina.

24. ENCONTRO AMOROSO. APITOS E MATRACAS

Os dois se abraçaram, sorveram-se os lábios, juraram que nunca mais se separariam. Logo em seguida entrou Frasquito perguntando por Cucurto. As pessoas responderam arremessando contra ele cestas de pão, sobras de refrigerante, pratos de couvert, garrafas. Dois garçons paraguaios lhe jogaram das mesas do segundo andar uma napolitana fumegante na cabeça. Cucu aproveitou a ajuda gastronômica e arrastou Arielina para a cozinha. Ergueu-lhe o corpo franzino e o sentou numa mesa, jogando no chão panelas, garfos e facas. Levantou-lhe as pernas o mais alto que pôde, deixando à mostra o seu centro ocre, perfumado, rodeado por mal-educados lábios palpitantes.

Penetrou-a entre frigideiras e panelas, caldeirões fumegantes e molhos vaporosos. O negro bombava fazendo ranger a mesa. No calor da luta, caíram em cima deles vidros com temperos, pimentas e especiarias de todo tipo. Tudo era o mais puro frenesi, e nada impedia que ela deixasse de dar-lhe furiosos chupões e se abaixasse para cumprimentar o grande cabeceador de todas as áreas, o garanhão exultante das noites masturbatórias, o cacetão cabeça de pau capaz de acalmar a mais assanhada das senhoritas. Arielina pôs na boca a glande inchada coberta de corrimento, cabelos, pimentas e pimentões, que a fizeram tossir e espirrar. Ahhh, que beleza!, a cada espirro ela engolia mais, faminta de pica, até quase sufocar! "Quero um filho seu, Cucu, me manda logo esse leite!", ela disse enquanto o negro a penetrava por trás, até o cabo. E no ar, incrustada no vergalhão dominicano, com os pezinhos abanando a fumaça da cozinha, longe dos ladrilhos frios, a bela paraguaiazinha acabou soltando impressionantes gritos de prazer que alagavam as paredes, estilhaçavam os vidros e faziam as nuvens cair pesadas como cascalhos. Sons terríveis de loba no cio ou de égua prenha. Ruídos que só se ouvem no amor, formigamentos doces e fatais, cosquinhas que a fêmea sente na alma quando uma bela piroca lhe penetra bem no fundo, até a medula. Arielina continuava no ar, espetada no cano caribenho, como uma truta na ponta de uma lança, gotejando, úmida de suor.

Era tal o frenesi sexual da dupla, que o mulato, ao ver Frasquito entrar na cozinha, enfrentou-o com *pingus in manus* ou paraguaiazinha *in pingus*, obrigando-o a se agachar. "O que é que você está fazendo, sua bichona, agora deu para gostar de macho, é?" Frasquito estava a anos-luz de dissuadir o negro, que o entubou até o fundo. A pressão baixou rapidinho ante o terrível rompimento de sua via estreita. "Ai, ai, ai!", ouviu-se um gritinho de dor; chuá chuá, tarde demais, pois o negro, chuá chuá, não se continha e já estava com ele, chuá chuá, cravado até o coração, com Arielina e tudo.

No salão, alheios àquela grande enrabada culinária, o microônibus de Los Palmeras entrou quebrando tudo. Henry desceu sacudindo o paletó e pedindo um refrigerante. "Quem se mexer vira pó", ameaçou. "Onde está a garota?", Enriqueta o seguiu de escopeta na mão. "Desculpem o negro, mas é que ele ainda não tem carteira de habilitação." "Que é que você está fazendo, Enriqueta?!", gritou Frasquito, batendo com a cabeça na esquadria da porta, sentado no grande trono-tronco de carne e osso. A diva o fez calar chamando-o de corno consciente, guarda florestal e, agora, também veado, que tomava café da manhã com pica dominicana, e que o melhor era ele ficar bem caladinho. "Não tem vergonha, nessa idade, ficar dando assim de graça para um negro analfabeto?" Frasquito se agarrou na esquadria da porta, conseguiu se desvencilhar do negro e foi se esconder num canto junto à platéia paraguaia. Cucurto voltou à cozinha para continuar alimentando a sua ovelhinha. "Esse negro tratante, por uma boceta ele é capaz de vender a própria mãe", disse Enriqueta, e mandou Henry ir à cata de Arielina.

Cucurto sentiu uma comichão na pica com tanto esfrega-esfrega, e tirou-a inchada e vermelha. "Não tira, não tira assim, seu sacana! Vem, manda ver, manda ver! Me dá essa mandioca, eu quero essa sua mandioca! Não tira de dentro que eu quero que você me emprenhe! Ai, papaizinho, me emprenha, sem perdão! Encharca as minhas tripas com erva fresca e cheirosa!..." O Grande Cucu, sentindo-se perto de gozar, mandou-lhe um fecundo telegrama de notícias alvissareiras. A paraguaia, ao sentir a lava quente, começou a berrar: "Chivatií, meu amorzinho portenho, añaretá porá cambá meu matador!" A mesa estremecia.

No salão, Foguetta apontou a arma, com o dedo tremendo no gatilho. "Quer baixar essa arma, sua doida! Não está vendo que pode disparar?!", disse um garçom. E outro: "Não sabe que é o diabo que carrega as armas e são os bobos que as descarregam?" Enriqueta deu um tiro que atingiu um quadro da pizzaria. "Ai, que curvinha apertadinha!", disse Cucurto, prestes a terminar, e despejou-lhe um leite bem quente, sufocante, fértil. Frasquito estava a ponto de desmaiar quando o negro lhe deu duas porradas para despertá-lo e pôs-lhe a pica na boca para gozar dentro dele pela segunda vez consecutiva. Frasquito, impávido, só conseguia abrir mais a boca. A submissão enlouqueceu Arielina, que começou a se masturbar com uma colher enorme, remexendo lá dentro. Libidinosa, a paraguaia revolvia o instrumento no grande caldo. A cozinha se encheu de um forte cheiro de boceta, merda e cu. Henry entrou, viu-a assim de pernas abertas em cima da mesa, com o colherão na boceta. E ahh!, que sorte grande a do negro! Tinha a seus pés como um oásis a agüinha do cântaro guarani, o figo luxurioso, a vibração priápica de seus pentelhos, a taça do vinho da vida... Partiu para molhar o pãozinho naquele molho ruminante e vaporoso: "Flor de putinha, o que é que você está fazendo? Espera aí que já vou desembainhar." E Henry botou para fora a pica, dura como uma viga, e enfiou até se fartar. E recomeça a suruba culinária, a fudelança gastronômica metafórica! E àquela altura o que acontecia era a maior corrupção sexual da história do país, e toda ela levada a cabo por imigrantes! O negro estava tirando a ferramenta ainda lacrimejante da grutinha de Arielina quando viu debaixo de uma pia cheia de caçarolas e panelas o cu retangular de Cucurto montado em cima de Frasquito. Então só fez apontar, e isso o deixou sobremaneira excitado. Nada é mais excitante do que o cu de um macho trepando! Arremeteu sobre o cu quadrado de Cucurto, separou a grossa mata de pêlos negros que lhe cobria a entrada e apontou para o meio. Divisou um orifício rosado, desagradavelmente virgem, e implorando com loucas palpitações para que alguém fizesse alguma coisa em relação a isso, já!, e Henry atochou tudo de uma vez. O ânus rosado brilhava no meio dos pentelhos ásperos. O esfíncter cucurtiano se contraiu, mas só conseguiu apertar ainda mais o tronco da caceta. Foi tamanho o apertão, que Henry gozou lá dentro; foi uma dor intensíssima, de ruptura total. O defloramento cucurtiano! O come-cu de cu-comido!

Arielina, sentada em cima da mesa, olhava excitadíssima para aquelas pirocas entrando e saindo, aquele afogar de ganso; ouvia a música do esfrega-esfrega do cabresto com a pele do reto. Que glória para a paraguaia ver uns machos daqueles fazendo troca-troca! Que momento digno e merecedor das melhores punhetas! Que sons multitudinários, que estrondosa decadência de piratas caribenhos, que belíssima manifestação das colorações, dos cheiros, dos gritos de prazer! Coisa para ficar na história.

Depois de gozar mais umas duas vezes, e já cansado de tanto bombar, Henry se levanta do corpo de Cucurto. Tira seu impressionante e imundo atributo germinativo. Oh, tropel dos tropéis de tritões! O charutão negro, uma vez fora, ainda jorrava a espessa substância e sangue, e tinha uma mata de pêlos negros enredados no tronco. Pentelhos alheios! Mostrava-o a Arielina, diligente, com uma certa pachorra, como se fosse um espanador procurando um traste qualquer em seu bolso.

No salão, Enriqueta continuava com a arma apontada para todo o mundo, quando sentiu na nuca o cano frio de uma escopeta. "Larga essa arma ou sua cabeça vai voar pelos ares." Ao se virar, ela deu de cara com Hermegenesia, a zeladora porto-riquenha de El Palomar, e atrás dela Perseo Benúa, o avô de Arielina. A donzelinha, a princesa desavergonhada deste bardo, a putinha ingênua do bairro do Abasto, sei lá, a Suni Castiñeira da moda de Assunção, enfim, a nossa protagonista fatal, Arielina, desmaiou nos braços do avô. Perseo gritou para quem quisesse ouvir: "Arielina é integrante do Grupo Revolucionário Dominicano. Seu chefe, o comandante Buendía, deseja vê-la agora. Não tentem nos seguir. Pusemos bombas em pontos estratégicos da cidade, capazes de fazê-la ir pelos ares. No dia de sua independência, essa será a vingança do General Peronista!"

Levantaram Arielina, a envolveram numa enorme folha de banana-da-terra e saíram voando num helicóptero de guerrilha Spinetta. Arielina olhou para a pizzaria destruída e gritou para Cucurto, que estava estirado no chão: "Cucu, meu amor, estou em El Palomar, obrigada por tudo!" Henry olhou para Cucurto, que estava a seu lado, e disse: "Ela não pode ser tão puta!" Ambos olharam para o céu e viram milhares de aviões dominicanos. De súbito, algo parecido com um míssil caiu e explodiu no meio da pizzaria. Ninguém, sem muita sorte, ficou com vida. Os aviões começaram a invadir a cidade. A invasão dominicana estava consumada. Começava a amanhecer.

25. O ABAFANTE EM APUROS

Cucurto se ergueu dos escombros coberto da poeira dos azulejos que as hélices dos helicópteros tinham provocado ao levantar vôo, e com lágrimas nos olhos ajudou Henry a se levantar. "Obrigado, amigo." Pôs um avental de cozinheiro e lavou o pênis numa jarra de suco de laranja. Frasquito morrera asfixiado sob o peso dos dois homens. Cucurto tentou reanimá-lo, mas não teve jeito. O salão da pizzaria ficara totalmente destruído; o teto ruíra completamente, esmagando a todos. A maioria dos fregueses havia ficado debaixo dos escombros. Por incrível que pareça, a um canto, alguns garçons tremiam de medo, estirados no chão embaixo de umas mesas. Cochichavam entre si em sua língua mágica. Era incrível que continuassem vivos. Da cozinha não restara nada mais do que algumas poucas panelas amassadas pelos pedaços de escombros. Cucurto olhou para o céu do meio-dia.

Estava límpido e radiante, sem uma nuvem, naquela estranha tranqüilidade que precede a morte. Uma brisa quente levantou a poeira dos escombros. O rádio ligou sozinho e ouviu-se uma bachata cantada por ele mesmo. Cucurto então se ajoelhou para descansar um pouquinho, passou o avental no rosto e o secou com as mãos. Seu cabelo pixaim brilhava de suor, resplandecia sob o sol do meio-dia. Começou a chorar. Henry olhava para ele sentado num canto, segurando um braço machucado. "Arielina, por quê? Meu amor, quem é o desgraçado que está querendo nos separar? Desde que cheguei a este país, não tenho paz!" E caiu em prantos nos braços de Henry, que nesse momento vinha se aproximando para acalmá-lo. Cucurto se levantou e gritou: "Por que eu? Deus, seu puto, por que eu?" Seu negror brilhava dentro do uniforme branco, seus quase dois metros de altura, seu físico escultural, todo ele se apequenara diante de tanta dor. Henry, taino também, alto e forte como ele, não tirava os olhos do chão. Chorando e mordendo os punhos, os dois se abraçaram forte. Duas figuras gigantescas pisando sobre as ruínas, duas enormes torres negras chorando, de nariz escorrendo... Henry pegou-o pela nuca e a acariciou. Cucurto abraçou-o pelas costas. Um dos dois levantou com o polegar o queixo do outro, olhou-o profundamente nos olhos e deu-lhe um beijo na boca. O outro aceitou e retribuiu o beijo de todas as formas imagináveis e todas as que ainda estão por imaginar.

Os garçons, deitados debaixo das mesas, não podiam acreditar no beijo a que estavam assistindo. As ruínas estremeciam, tremiam as colheres. Dois gigantescos jogadores de basquete da NBA se beijando, se abraçando, se acariciando sem parar. Duas picas eretas do tamanho de um braço, apertadas uma contra a outra, a ponto de estourar, também se beijavam. Nada, nem o sumiço da Virgem Maria nem o gol de Maradona contra os ingleses, se comparava minimamente àquela orgia de beijos, mordidas e chupões. Nada na história mundial do sexo se aproximava desta hipótese metafórica, desta voluptuosa decadência caribenha, deste intercâmbio de salivas masculinas e pegajosas. Nada, repito: nada! E foi o beijo de amor mais bonito desde Adão e Eva. Um beijo longo, um chupão para assistir de cadeira. Um chupão de intensidades endiabradas e mitológicas, um beijo como não existem dois iguais... E algo explodia dentro deles, e fora também. Seria um choque de planetas? Será que depois desse beijo as coisas na Terra haveriam de se transformar para sempre? Será que um será se havia encontrado com um possível em algum lugar? O que significaria para o mundo o fato de esses dois gigantes da raça afro-americana estarem se matando aos beijos? Seria uma mensagem do além para o aquém? Tudo era uma interrogação.

Entre beijos e movimentos de língua, Cucurto e Henry ouviram a freada de um carro preto enorme. O carro parou bem em frente à vitrine da pizzaria destruída. De seu interior desceu um sujeito alto vestido de preto. Afastando os destroços com os pés, parou diante dos dois. "Senhor Cucurto, queira me acompanhar. Por bem ou por mal, como preferir. Dentro deste carro está o vice-presidente dos argentinos, Don Luis Zanella, que deseja lhe falar. Acompanhe-me, por favor." O Abafante, sem forças para lutar, vendo que não lhe restava alternativa, caminhou em direção ao carro. Henry o seguiu bem de perto. O homem avisou: "Você não!" "Ele é meu amigo, vem comigo." "Não, somente Cucurto." "Eu vou com ele", disse Henry, e partiu para cima do homem. O sujeito sacou uma arma e a descarregou no corpo do negro. Cucurto ficou horrorizado. Henry caiu no chão, ensangüentado. O assassino olhou para Cucurto e lhe disse: "Faça o que estou dizendo se não quer que eu o mate também." "Quem é você?" "Sou guarda-costas do Presidente da Nação. Vamos?" E aponta para a porta do carro.

26. O ABAFANTE CONTINUA EM APUROS

Ao entrar no carro, deparou com um homem grisalho, magro, muito envelhecido, que fumava cigarros importados, Lucky Strike, longos, de uns trinta centímetros. Vestia um paletó azul-marinho com um botton na lapela onde se lia "Presidência da Nação".

"Muito prazer, senhor Cucurto, meu nome é Luisito Pichi Zanella, vice-presidente da Nação." O outro, o assassino de Henry, senta-se ao volante. O carro arranca e começa a percorrer o centro da cidade, dando voltas num raio de cinco quarteirões. "Escute aqui, rapaz, vou ser bem claro. Nós sabemos que você é uma pessoa famosa, levamos em conta sua alta popularidade em toda a América Latina. Admiramos sua música, mas desde que chegou a Buenos Aires você não pára de arranjar confusão. Uma célula terrorista se rebelou contra este governo democrático. Estamos desconfiados de você. Observe as pessoas correndo pelas ruas, olhe esses helicópteros da Aviação Dominicana nos céus. O caos se alastra. E isto está acontecendo desde o instante em que você chegou a este país. Não sabemos se é mera coincidência, ou se você está mesmo envolvido. Quero que me diga. Por que se envolveu com Arielina Benúa? Você sabe quem é essa garota? Por que falou dela no show? Ainda não se passaram 24 horas e você já alterou o destino de dois países: o seu e o nosso. E um terceiro país pode entrar no conflito." "Não estou entendendo nada do que está me dizendo. Eu só vim aqui para cantar, contratado pelo seu próprio presidente. Não é hoje o aniversário dele? Foi para isso que eu vim: para animar a festa de aniversário do presidente e da cidade." "Não lhe parece uma agitação exagerada para um simples show de cumbia?" Cucurto, aterrorizado, olhando os dois assassinos nos assentos dianteiros, pergunta: "Por que estamos dando voltas pelas mesmas ruas? Por que não seguimos para outro lado?" "Responda à minha pergunta! Você sabe quem é Arielina Benúa?" "Não sei de merda nenhuma, caralho!", responde Cucurto pressionado, limpando o suor do rosto com o avental. Seus olhos estão fora de órbita devido à pressão do interrogatório. "Arielina é a única filha legítima de Eva Perón", diz Zanella. "E quem é Eva Perón?" "A esta altura não interessa quem é Eva Perón!", grita o vice-presidente, "não há de ser agora que vou lhe ensinar história argentina. Faz mais de trinta anos que nossos governos negociam com Perseo Benúa. Ele é o pai, e não o avô, como todo o mundo acha, de Arielina. Perseo Benúa foi amante de Eva Perón durante quinze anos e tiveram uma filha: Arielina. Nós, peronistas, guardamos este segredo a sete chaves. Benúa era o mordomo de Juan Perón. O General conheceu-o numa viagem à República Dominicana, num lugarejo de praias e frutas exóticas chamado San Juan de Maguana. Benúa trabalhava numa espécie de rendez-vous, um prostíbulo de homens, que o General freqüentava todas as noites com a sua comitiva, junto com outras personalidades da época e amigos pessoais, como Lezama Lima e López Rega. O General tinha predileção por negros. E fez de Perseo Benúa o seu mordomo. Como este país é paradoxal! Esta é uma parte da história que os argentinos jamais saberão, e no entanto agora é um dominicano quem a conhece!" Zanella calou-se um minuto e atendeu o celular. Acendeu outro cigarro;

notava-se sua impaciência. Estava falando com o próprio Presidente. Que o chamou de veado canalha e lhe ordenou que mandasse a aviação argentina derrubar aviões dominicanos. Cucurto sentiu medo diante da frieza das ordens. Zanella ajeitou a gravata, deu duas baforadas e prosseguiu: "Nunca demos a conhecer esta filha extramatrimonial para não magoar o Presidente do nosso Partido. Mas, quando Perón morreu, Benúa começou a nos chantagear, dizendo que iria contar a verdade. Benúa acha que fomos nós que matamos Evita, como vingança por todas as extorsões que ele nos impunha. Ele acha que fizemos o mundo acreditar que ela está morta, mas na realidade a mantemos viva em algum lugar. Um autêntico disparate. Benúa acumulou uma verdadeira fortuna com o que cada governo lhe pagava ao assumir, para evitar um escândalo internacional. Desde então, Benúa diz que vai invadir o nosso país, e agora parece que é o que está para ocorrer. Você, Cucurto, com a declaração pública de amor que fez na noite passada, apenas acelerou o processo." "Ouça-me, Presidente. Vice, desculpe. Vice-presidente, eu não tenho nada a ver com política. Sou um músico de cumbia. Não sei de nada do que me estão falando, não me interessa. Amo Arielina, eu a conheci numa festa mal cheguei ao país. Festa organizada pelo seu Presidente, festa em que rolava droga à vontade e mulheres muito jovens, com certeza menores de idade. Entre essas muitas garotas estava ela. Fizemos amor ali mesmo, nos apaixonamos, e isso é tudo", disse Cucurto, e, olhando para o motorista, ordena: "Por favor, pare na esquina, que eu vou descer." O vice-presidente sacou uma arma do paletó. "Escute aqui, seu dominicano de merda, é melhor você colaborar, senão vou fazer merda de você aqui mesmo!" "Não tenho nada com isso. O que quer que eu faça? Que me meta em problemas de Estado?" "Não se faça de bobo, encontre Arielina antes que se descubra toda a verdade." "Vocês têm contato com o avô dela, ou pai, seja lá o que for. Ele a levou da pizzaria." "Falamos com Benúa e ele disse que ela não está com ele. Acusa-nos de havê-la seqüestrado, e diz que se ela não aparecer dentro de 24 horas vai ordenar um desembarque de 150 navios no Rio da Prata." "E o que vocês querem que eu faça?! Não sou o Che Guevara!" "Encontre-a, e já! A safada está doida por você. Por que acha que estamos dando voltas por essas quadras de merda? Sabemos que ela está num desses cortiços. Procure-a e traga-a aqui." "Não seria melhor vocês mesmos irem procurá-la? Eu não conheço essas ruas, não faz nem 24 horas que estou nesta cidade." "Não queremos nos intrometer, certamente Benúa a está procurando também, e não gostaríamos de cruzar com o pessoal dele." "Ah!, e aí me fazem de tropa de choque!..."

O carro freia de repente diante de uma pracinha do bairro da Constituição. O vice-presidente diz: "Desça, Cucurto, e lembre-se de que você está sendo vigiado. Se não quer acabar como o seu amigo, encontre-a de qualquer maneira. O destino de um país inteiro está em suas mãos." O carro arranca levantando uma fumaceira de cegar.

27. RUMO AO CORTIÇO EL PALOMAR

O Abafante caminha até o centro da praça e se atira num banco para descansar. O vento levanta a poeira vermelha das pedrinhas. Pela primeira vez, desde que chegou, ele descansa um minuto. "Como você é linda, Rainha do Prata! Feliz aniversário!", diz. Uma bola bate em seu pé. Um menino grita de um lado da praça: "Ei, negro, manda a bola." Cucurto, quase instintivamente, a devolve. Pela primeira vez na vida ele dá um chute numa bola de futebol. No instante seguinte o garoto a rebate mais forte. Cucurto se senta no banco para agarrá-la, seu avental branco de cozinheiro está manchado de terra vermelha. Seca o suor da testa num tecido enegrecido. Sob o avental não há nada. Ele está descalço. A pobreza de sua indumentária, seus pés descalços resplandecem e contrastam com o anel de safira que traz no dedo. Ele e o menino começam a chutar a bola de um lado para o outro da praça. Cucurto olha como o garoto bate na bola de maneiras diferentes, com grandes efeitos, e isso lhe parece algo estranhíssimo. Também admira como o menino faz embaixadinhas com a bola, joga-a para cima e mata no peito, no joelho, nos tornozelos. Vê a bola mergulhar por entre os galhos das árvores. Acha aquilo tudo maravilhoso. Na alameda em frente, num carro branco, dois seguranças da Presidência dizem um para o outro: "O que esse cara está fazendo? Está para morrer e, em vez de ir atrás da garota, vai jogar futebol com esse moleque? Esse negro pirou de vez!"

28. JÁ BEM PERTO DE EL PALOMAR

O garoto aproxima-se dele com a bola debaixo do braço. É lourinho, de olhos verdes, deve ter uns cinco ou seis anos. Ao vê-lo de perto, Cucurto diz: "Nós não nos conhecemos?" O garotinho deixa a bola cair e pisa nela com um tênis coberto de poeira vermelha. Agora a controla na ponta do tênis, sem deixá-la cair. "Depende." "Depende de quê?" "Do que você tem para pagar. Pagando, eu conheço você a vida inteira. Sem pagar, nunca o vi antes." A bola continua no ar, mansa, flutuando como um planeta, tranqüila, respirando, sabendo que encontrou seu dono. "Meu nome é Cucurto. E o seu?" O garoto pega a bola e torna a colocá-la debaixo do braço. Nesse instante Cucurto se lembra de que Arielina, antes de partir, falara em El Palomar. "Você conhece El Palomar?" O garoto esconde a bola atrás das costas, como se estivessem querendo roubá-la. Aponta para o anel de safira que Cucurto trouxera de um show em Londres. O entardecer cai sobre a praça, avermelha tudo o que toca. De longe, Cucurto e o garoto são um contraste só: o garotinho branco e pequenino, e Cucurto altíssimo, negro azeviche. Cucurto tira o anel e o estende para ele. "Você quer?" O garoto o pega; poderia lhe servir de pulseira. Cucurto diz que vale muito, que foi presente da rainha Isabel da Inglaterra. "Acho que com isso você vai poder viver muito bem pelo resto da vida. Mas agora me diga: o que é El Palomar?" O garoto conta que é uma cabeça-de-porco que fica na Rua Santiago del Estero, e lhe explica como chegar lá.

29. AINDA MAIS PERTO DE EL PALOMAR

O garotinho explicou: "Você anda duas quadras direto e dobra à esquerda na terceira." Cucurto caminhou por aquela ruazinha arborizada e cheia de hotéis. Hotel Familiar Andrea, Hotel California, Hotel México. "Temos quarto para homem solteiro." "Quartos disponíveis para senhoritas." Hotel Gran Nicanor, Hotel Atizor, Hotel León, Hotel San Carlos... De repente, uma mão forte saída do saguão de um hotel o agarra pelo braço. "Papaizinho bonitão, morenaço do carvalho, você é bem grandão, hein? Vamos, que eu faço um precinho especial só pra você." Cucurto se esquivou com elegância, pretextando que não tinha um puto. Ao se virar e olhar para frente, o dominicano viu que dos hotéis iam saindo... cabecinhas com peruca, barbas de lábios pintados, um par de tetas de silicone, umas bundas enormes. A cada passo ele era mais ovacionado do que em seus melhores shows. E uma mão mais atrevida, grossa e peluda apalpava-lhe a bunda e palmeava-lhe o ganso. "Negro canhoneiro, estripador, morenaço empalador, cabeça de pá, pica de alfarrobeira, tronco de jacarandá, pé-de-mesa, penetrador a seco e sem protetor solar..." Em meio a uma infinidade de requebros, exibição de tetas e bundas e línguas molhando lábios, ele se deteve e perguntou a um que estava parado apoiado a uma árvore: "Desculpe, cavalheiro, conhece a Rua Santiago del Estero?" "Ah, que peninha! Não conheço, não, mas como eu gostaria que fosse o meu cu, assim você iria caminhando até o meu fundo." Nesse momento os outros travestis da quadra o cercaram. E começaram a tocá-lo e a mexer com ele: "Você parece até o Jimy Huesmuller carbonizado e de avental!" "Ai, negão, me mostra um pedaço!" "Ai, vou botar você na minha mesinha-de-cabeceira!" "Ai, guria, nem pensar! Eu o fazia de mola de reforço na minha cama!" "Olhem, meninas, que pele brilhante! E que mãos grandes! E esse cabelo de palha de aço!" "Ah, garotas, quero comer essa bocona roxa, doce que nem geléia!" "Ai, e que ferramenta de aço, que lança de pesquisar petróleo, que gancho de guincho português deve ter esse negro!" "Assim eu vou desmaiar, papaizinho mais lindo do meu coração!" "Quantas sortudas tiveram você por cima, negão demolidor!" "Ah, eu daria a vida para ser atravessada todas as manhãs por um mulato desses!" Já nervoso, Cucurto começou a sentir mãos e beijos por todos os lados. Os travecos o puseram na roda, como cabra-cega, e começaram a girá-lo, a puxá-lo, e cada vez que ele aterrissava em algumas mãos era minuciosamente inspecionado. Do meio dos travestis saiu um grandão, quase do tamanho dele, que o agarrou pelo pescoço e, cheio de amor para dar, lhe sentou um tremendo beijo. A língua dura tocou-lhe o fundo da garganta, e o negro não sabia como se safar daqueles braços poderosos e daquela boca infame. As mãos da bicha pareciam tenazes, Cucurto não conseguia escapar. Estava abatido a linguadas. Nesse instante todos aplaudiam o desvirginamento cucurtiano. "Ai, que linguadaça, que beijão, que amasso que a Sônia deu nele! Aí, Sônia! É assim que macho se apaixona! Viva a Sônia, essa guloseima é toda sua!"

30. BEIJOS, CHUPÕES, LÍNGUAS SE ROÇANDO NO BAIRRO DA SAGRADA CONSTITUIÇÃO

Aquela língua sanguessuga, língua limpa-trilhos, língua multiprocessador Walita, não parava um segundo. Tampouco os lábios, sugando os do dominicano como se fossem patinhas de caranguejo. As mãos enormes agarravam a cabeça de Cucu, que não era capaz de se livrar daquele mastodonte travestido. Sua boca ficou vermelha por causa da fricção dos pelinhos da barba. Enquanto o beijava, Sônia o ia envolvendo num espesso e florescente cachecol de plumas. Cucu tentava se safar da sucção voraz, mas via-se encurralado entre o corpo dela e o tronco de uma árvore. Já estava passando mal, com falta de ar, até que afinal conseguiu levar a mão entre as pernas de Sônia e apalpou uma jeba dura como uma viga. Apertou-a, e Sônia gritou de dor e pulou para o lado. Em meio às risadas gerais, Cucurto saiu correndo e virou numa rua, tossindo e abrindo bem a boca para inspirar mais ar.

Ao chegar à esquina, ele vê uma placa: "Rua Santiago del Estero". Um vendedor de sorvetes, um sujeito com relógios numa bolsinha, um vendedor de bilhetes lotéricos vieram se chegando... Uma menina entrega-lhe um folheto de radiotáxi, outra um de celulares, um peruano vem oferecer entrada grátis para uma sauna. O negro segue pela Santiago até deparar com um grande portão de madeira com uma placa: "El Palomar". Ele entra no cortiço e vê que um carro estaciona na porta, um carro branco com sirene de polícia no teto.

Ao chegar a uma escada, é atropelado pelas mulatinhas Mariolga e Evelyn, que desciam brincando de pegar e brigando por causa de uma bandeirola da Argentina. Imediatamente depois deu com suas duas primas, Casinda e Esilda, de dezessete e dezesseis anos. As quatro caíram sobre o corpo do dominicano estendido no solo. Evelyn, de olhos grandes cinzentos, gritou: "O Abafante da Cumbia!", e desmaiou em cima da barriga dele. Mariolga disse: "Ai, o Rei do Caribe!", e desfaleceu sobre uma das pernas de Cucurto. As duas priminhas, já em idade boa e com uns corpos esculturais, também desmaiaram, mas bem na altura da braguilha do negro. Em segundos havia um fã-clube de desmaiadas em cima de Cucurto. As duas adolescentes apertavam e esfregavam as bochechas nos bagos e no pau do negro, piroca que já começava a palpitar.

Pela mesma escada descia Perseo Benúa. Ao vê-lo, Cucurto imagina que está perante o diabo, devido ao que lhe dissera Luisito Pichi Zanella, o vice-presidente. Dois andares acima, Arielina prepara o último tereré, pega a bolsa e se despede da amiga Elena Montero. Em meia hora pegará um ônibus no Retiro, para retornar à sua cidade, Itacurubí, no Paraguai.

31. ENTRADA MORTAL DO NOSSO HERÓI NO CORTIÇO EL PALOMAR

Grita-lhe Benúa assim que o vê estirado no chão: "Traidor." Cucurto se levanta, corre pelas escadas e dá de cara com Arielina, que vinha descendo em sentido contrário. Os dois rodopiam, de pernas arreganhadas, até o andar de baixo, onde Perseo Benúa permanecia com as netas e sobrinhas. No final do corredor, na porta de entrada, acende-se uma luz e uns policiais os mandam parar. Os dois apaixonados encontram-se no escurinho do corredor. Beijam-se e abraçam-se. "Cucu, você é só meu! Que graça divina!", ela diz chorando e cobrindo-o de beijos. "Arielina, meu amor, não posso acreditar, vamos fugir daqui já!", ele diz. "Está todo o mundo atrás de nós para nos matar!", ela diz. "Não importa, meu amor, nosso amor vencerá a todos, nem a morte pode nos separar!", diz Cucu, esperançoso. "Eu amo você, Cucu, eu amo você. Vamos nos casar agora." "Agora?! Neste momento?" "Sim, sim." "Bem, então vamos lá..." Os policiais atiram em Perseo, que cai morto.

Os apaixonados, alheios ao mundo, continuam se comendo com os olhos e jurando-se ao ouvido coisas impossíveis. O Grande Abafante beija-lhe os lábios, os ombros, as orelhas, o pescoço, os peitos. Arielina não fica atrás por nada desse mundo e beija os ombros, lambe os pêlos do peito do negro, arrebenta as espinhas das suas costas... Agora ela arranca os jeans, se escancara toda, parada ao lado dele. Sutiã e calcinha voam pelos ares. Longe de toda e qualquer imposição absolutista, ele arranca a única peça de roupa que tem, o avental, e fica no escuro como uma pantera negra sobre duas patas. Ela solta os cabelos e os pirilampos voam, abre a boca e dela saem borboletas...

— Alto, alto, não se atrevam!

Mas como não se atrever, se o amor está presente, ali, palpitando, esperando que demos o passo final? Não é possível deter o amor com palavras sem sentido: "Alto, não se atrevam!", gritam as paredes, rindo. "Alto!", gritam às gargalhadas as ratazanas quebrando os encanamentos do cortiço. "Alto, alto!", vem das fitas cassete de bachata. "Alto!", bradam as cadeiras, apertando a barriga de tanto rir. "Mãos ao alto! Mãos na nuca!" "Alto, alto, alto!", gritam todos os objetos. "Alto!", gritam milhares de vozes de carros, sinais, hospitais... "Alto!", gritam as metralhadoras abrindo raivosamente suas bocas de congro. Mas os amantes não estão nem aí.

O pólen expelido pelos corpos no amor enche o espaço, inunda os corredores como uma grande névoa espessa. Sangue aos borbotões! Rompem-se todas as comportas, todos os diques, todos os hospitais, todas as prisões, todos os sanatórios e todas as universidades; logo os corpos se transformam em dois vulcões em erupção. Os beijos ecoam como coquetéis molotov. Emanações deliciosas, fluidos vaporosos, biles fedorentas e afrodisíacas!

Chegam os veículos blindados da polícia, as patrulhinhas, as poderosas forças do exército cercam o cortiço. As metralhadoras cospem balas sobre os corpos moribundos dos amantes, sem se convencerem de que está tudo acabado. Foi então que, em meio à fumaça das armas e às poças de sangue, vindo da rua e saltando por sobre os cadáveres, surgiu Ernestito com seu belo sax dourado. Corre em direção a Cucurto agonizante e lhe põe o sax entre as mãos. O Grande Abafante da Cumbia, antes de ir para o céu, toca pela última vez. Toca para Arielina morta, sangrando, ao seu lado. Toca com todo o amor, para despertá-la. Mas a bela, à beira da morte, não despertará jamais. A morte brinda e reina...

Naquela tarde, num bairro portenho, ouviu-se a melodia mais cálida que os ouvidos humanos já haviam escutado. Foi então que, em meio à fumaça, o cortiço surgiu gigante, voando bem acima do solo. Talvez por causa dessa sinfonia, numa despedida triunfal e sobretudo alegre — não há bala capaz de matar a alegria! —, o cortiço se desprendeu da sua plataforma e começou a se levantar... Foi se levantando! Levantando! Levantando!... Libertou-se do seu pedaço de terra e alçou-se para além das estrelas, até ser apenas uma mancha imperceptível no céu. Quando a genial construção carregada de cadáveres se achou a uma altura indizível, uma varinha voadora dos festejos da cidade entrou por uma janela e iluminou-o por inteiro, formando-se no céu uma estrela brilhante que iluminou tudo. E as balas das metralhadoras da polícia tentando fazê-lo descer, ratatatá. Nem chegaram perto. Com um sorriso de janela em janela, a gigantesca construção desaparecia entre as nuvens rosadas do amanhecer, levando consigo um sem-número de dominicanos e peruanos dormindo em seus quartos, e outra turba sem-fim bem acordadinha e armando uma tremenda zona; um bochincho monumental; atiravam papéis picados, agitavam bandeiras, ouviam suas salsas e suas cumbias a todo o volume; dançavam nas varandas e xingavam a força policial; quem não pular é meganha!, e pulavam em coro. Por uma dessas trapaças da sorte, alguém pôs o último long-play do Abafante. Os intrusos — a esta altura convém dizer que aquele era um cortiço invadido —, antes que o galo cantasse, armaram um tremendo baile no céu, ante o brilho dos terraços azulados e tranqüilos dos edifícios de San Cristóbal. E nesse segundinho libertador sucedeu algo ainda mais extraordinário: as águas furiosas do Rio da Prata, vendo semelhante injustiça policial, levantaram-se como por força de um eclipse e inundaram toda a cidade e se espalharam por todo o país cobrindo-o por com-ple-to. Quando isso aconteceu, um clamor de alegria foi ouvido no céu, a milhares de metros de altura, um clamor que se misturou aos gritos de protesto e à voz inconfundível do Abafante da Cumbia.

32. NOTÍCIAS DOS DIAS VINDOUROS (CRÔNICA PUBLICADA NUM JORNAL PARAGUAIO)

"No dia aprazado, as autoridades policiais derrubaram um cortiço que apareceu voando nos céus de

Itacurubí de la Cordillera, espaço aéreo paraguaio. Esta aeronave do mal, certamente uma invenção dos árabes, apareceu bem em cima do estádio de futebol Pascual Guerrero, na hora em que se disputava a final interzonal entre as equipes do Cordillerano de Itacurubí e do Altos de Barrero. O objeto voador surgiu de repente, com uma insuportável música que poderia ser bachata ou salsa (como tentam confirmar os especialistas). Nossos heróis futebolísticos de ambas as equipes ficaram boquiabertos olhando para o céu, e as torcidas não deram um pio, enquanto eram xingados do alto por aquela gente de vida suspeita do cortiço. Apesar da pronta intervenção da polícia e do exército, não foi possível evitar uma desgraça, já que o cortiço caiu sobre um bosque que ainda está em chamas, e um bloco de concreto caiu sobre a Basílica da Virgem de Caacupé, matando 32 fiéis. Isso provocou um estranho êxodo de crianças em direção ao bosque, em busca de pedaços do malfadado prédio. Não se sabe se há sobreviventes. Apenas que esta aparição constituía uma ameaça aos paraguaios, como tudo o que voa e emite ruídos estranhos."

Este livro foi impresso na Editora JPA Ltda.,
Av. Brasil, 10.600 – Rio de Janeiro, RJ,
para a Editora Rocco Ltda.